大畫情聖
三
美人如玉
上山打老虎 著

大畫情聖

【目錄】

第四一章
厲害的七娘

不出半灶香的功大，那公了便垂頭喪氣地走下來，

嘆著氣道：「七娘太厲害了，兄台，你可要小心，在下先走一步了。」

說罷，便匆匆地走了。

太厲害？

沈傲吸了口氣，他很想知道，這七娘到底是怎麼個厲害法。

那車夫倒是對汴京城熟稔得很，一聽「蒔花館」三個字，臉色頓時曖昧了，笑吟吟的坐在車轅上駕著驢，一邊道：

「公子是個雅人啊，蒔花館的姑娘個個非同凡響，色藝雙絕啊。」

沈傲來了興致，原來這老丈也是同道中人，話說大宋淫民真是多啊，上至公侯九卿，下至販夫走卒都好這一口。便問：「老丈莫非也曾去過？」

車夫連連搖頭，滿是羨慕的道：「小人這樣的身分就是進去，人家瞧得上嗎？公子就不同了，哈哈，風流倜儻，相貌不凡。瞧這身衣衫，置辦起來不下四五貫錢吧，要進去倒是容易。」

沈傲便笑，這車夫很有趣，便和他閒扯，那車夫亦是個消息廣泛的，說起蒔花館吐沫滿天飛，沈傲就問他：「這蒔花館，哪個姑娘最當紅？」

車夫道：「自然是二娘和七娘，這兩個姑娘，一個彈琴彈得好，容貌自是傾國傾城。另一個最善辨寶，什麼樣的寶貝古玩，只要被她一看，就能猜出個八九不離十來。據說她的舞技也是極好的，那身段兒，哈哈……」接著便是很曖昧的笑。

果然是菜鳥看容貌，老鳥看身段啊，哈哈，這老丈想必也是內中高手，只怕接觸的流鶯不少呢，沈傲深有體會的笑了起來，道：

「二娘、七娘，好，本公子記住她們了，只是不知老丈知不知道，蒔花館裏有個叫蓁蓁的姑娘？」

車夫沉吟片刻：「蓁蓁？公子，看你這樣子，只怕是第一次去……嘿嘿……，蓁蓁即是七娘啊，這是她的小名兒，尋常人是不這樣叫的，我們都叫她『七娘』。」

「噢。」原來如此，「七娘」是蓁蓁的花名或者藝名。隨即一想，心裏又泛起了酸醋，王相公太無恥了，原來他的相好就是七娘，這傢伙很性福啊。

好，先去見了蓁蓁，看看她的身段兒再說，不知盈盈一握是什麼感覺。

「哇，我堂堂沈大監生，是三觀正確，品行優良的文藝青年，怎麼能有這麼齷齪的想法。我是去送行書的，去摸蓁蓁的腰不過是副業罷了，怎麼能捨本逐末。不行，得先想著把行書送去，再順便去摸摸蓁蓁姑娘的細腰。不知道王相公知道了，會怎麼想？他這個人很好的，應當不會吃醋，這樣講義氣的人，自然是心懷著朋友如手足、妻子如衣衫的理念，他這件衣衫，我這個朋友先替他穿一穿再說。」

沈傲想著，頓時悸動起來，對春兒、周若，他絕不會抱有太多的那種想法，她們是黃花閨女、大家閨秀，沈傲那樣想太齷齪，雖然有佔有欲望，可畢竟想法還是很純潔的。

可是對名妓不同，名妓本來就是用來滿足欲望的，再玩純潔，那就裝得有點大了。

驢車穩穩當當的停在了蒔花館門前，沈傲下了車，摸出錢來和車夫會了帳，自然是

多給了車夫幾文錢，車夫滿心歡喜謝道：「公子萬福……」隨即又很曖昧的笑：「公子今夜要小心了，莫要閃著了腰。」

沈傲雙手一叉，豪氣干雲的道：「本公子金剛不壞，不勞老丈費心。」

車夫趕著車歡天喜地的去了。沈傲旋身，第一次目睹汴京第一青樓，和想像中有些不同，這哪裡像是青樓，簡直就是翻版的邃雅山房啊。那招牌並不顯耀，可是卻閃現出古色古香的氣息。門面古樸，沒有大紅大綠，多餘的點綴也一個沒有。

「看來，本公子的想法和蒔花館東家的想法不謀而合啊，這調調，本公子喜歡。」

沈傲笑了笑，昂首闊步，搖著扇子，擺出一副富家公子的模樣便進去。

萬歲山上，輕風拂過，捲得不遠處的園林叢木沙沙作響，天色漸晚，溪水的淙淙聲入耳，伴隨著陣陣鶴唳，那一盞盞的粉紅宮燈將山腰上的涼亭照得通亮。

趙佶勾勒完最後一筆，提筆唏噓一番，認真去看他剛剛完成的畫作，忍不住眉飛色舞地道：「好，好，此畫當能與那人一較雌雄，楊戩，來，把畫晾了，過兩日叫紫蘅送去。」

一旁的楊戩恭敬地笑著道：「陛下，夜深了，是不是該回寢宮了？」

趙佶興致勃勃，微微一笑，道：「你個奴才急什麼，朕不願回宮去，看到那些奏疏就頭疼。」

楊戩不再說話了，雖說官家在朝會上沒有表態，可是朝中的官員仍不干休，事關沈傲的奏疏滿天飛，官家今日來萬歲山，就是來躲清閒的。

可是官家不能不回宮，畢竟幾個娘娘都在乾等著呢！楊戩不把官家帶回去，只怕娘娘們不依。

不過，楊戩只是站著，不再勸了，勸得多了，會討官家煩的。

趙佶想起奏疏的事，便忍不住道：「那個沈傲倒是有趣，不知他如今是不是已將那行書送給蓁蓁了。」

楊戩就笑：「陛下，蓁蓁姑娘的性子，只怕沈傲吃不消吧。」

趙佶莞爾一笑，道：「沈傲是個妙人兒，蓁蓁也是個妙人兒，朕就想看看，他二人撞在一起，又是什麼光景？蓁蓁爲我討好師師，朕便爲蓁蓁送個鑑寶的才子去。」

楊戩恭謹地道：「陛下何以見得那沈傲會鑑寶之術？」

趙佶便笑：「朕與他初次見面時，他不是去打量朕的模樣，而是一雙眼睛落在朕的扇子上，只這匆匆一眼，想必他已看出這扇子非同凡響了。這樣的人，定是對古玩精通熟稔的。楊戩，你想想看，周正周愛卿，他與人會面，是不是和沈傲也是一般的模樣？」

楊戩就笑：「陛下這樣一說，奴才倒是想起了一個笑話。周國公有一日去見個官員，第一眼看，便笑著說好；那官員頓時心花怒放，連忙說：下官何德何能，哪裡配得上公爺一個好字；誰知周國公如癡如醉，卻又是連道了幾個好，那眼神竟是直勾勾地望著那官員，連眼睛都不眨一眼。那官員頓時發虛了，不知國公到底什麼意思。等他回過神，便看到國公一步步過來，那眼神兒，哈哈，官家，奴才也說不出來，用坊間的話，就是姘頭見了相好。

官員連連後退，心裏在想，公爺這個樣子，下官是不是該叫兩聲？好歹他是讀書人出身，就算是國公，也是不能受辱的；這官員正要叫，誰知國公已經欺身上去了，一隻手便去撩官員的衣襟，官員臉都嚇白了，心裏叫苦。誰知國公從他腰間扯下一塊玉來，輕撫著那玉，口裏不停地說：好，好極了，兄台，這只怕是先秦的古玉吧。」

楊戩說到一半，趙佶就已笑噴了，等楊戩說完，趙佶撫掌道：

「周愛卿品性是好的，就是太癡了，這也難爲他了，爲了收集古玩，真是什麼都不顧了，過幾日，到庫裏去挑點兒寶貝賜給他吧。」

沈傲進了蒔花館，只見裏頭很冷清，扇子再也搖不下去了，哇，是不是走錯了？左右一看，哪裡有想像中出來迎客的美人兒，左一口相公，右一口官人地叫；別說粉黛，就連粉筆渣都沒有，四壁全部行書名畫，瓷瓶兒古玩。

女人沒看到一個，樓下的男人倒是不少，一個個正正經經地坐著，不作聲。

有這樣的青樓嗎？真是太出人意料了，沈傲收起扇子，目光落在一個公子哥身上，這公子哥也舉著一柄扇子，風流倜儻的舉扇輕搖，五官還不錯，就是臉頰上的豆子似乎多了點。

沈傲過去，和善地笑著抱拳道：「公子，請問這是蒔花館嗎？」

公子瞥了沈傲一眼，扇子一收，嘲弄地道：「這裏不是蒔花館，這汴京城還有哪裡是？」

沈傲很尷尬，尋歡尋到被人鄙視，實在有點兒不好意思；他正要繼續問，那公子先看出了沈傲的心思，勾勾手指頭，道：

「兄台莫非是第一次來？」

「是啊，是啊……」沈傲堆著笑，好掩飾著內心的尷尬。哈哈，第一次嘛，雖然有點兒丟人，可人不都由第一次過來的嗎？

一回生，二回熟啊！

公子咳嗽一聲，一副老江湖的樣子，端起架子道：「這就難怪了，這蒔花館和其他的青樓可是不同的；你先坐下，得排隊。」

汗，原來還要排隊！這公子恰好是在末座，沈傲坐在他的下頭，問道：

「看姑娘莫非也要排隊的嗎？」

公子端著架子道：「也不盡是如此，若是你要見大娘、三娘、四娘什麼的，那自然不必；可若是你要見二娘、七娘，就要排隊了。」

「哦。」原來如此，沈傲明白了！

生意火爆啊！汗，這也太那個了，二娘和七娘不是很慘，每天都要接這麼多客，一個進去又來一個，這怎麼招架得住啊！

看來這種姑娘若是出了名，也是很勞累的。

沈傲舉目望去，坐在椅上等待的客人竟有十幾個之多，一次就算是十分鐘，連帶著穿衣脫衣，那也至少要等一個時辰。頓時就索然無味了，沈傲不是瞧不起這些名妓，人家好歹幹得也是體力活，勞工萬歲，又沒有違反律法。

只不過，一個個男人排隊進去，那鹹豬手的汗漬和口水混雜的某種混合物摻雜在一俱誘人的胴體上，汗，沈傲心裏有點兒犯噁心。他的三觀太正了，接受不了這種太新潮的事物。

公子這回卻看不出沈傲的心思了，臉上一副不無得意的樣子道：

「兄台別看今日才十來個人，在往日，尤其是旬休那一日，來這裏排隊的，少說也有數百之多，幸運的能有個座位就已不錯，其餘的，管你是王公還是貴族，都得老老實實站著，今日你來得巧，至少不必空等太久。」

哇……沈傲驚呆了，一夜百次娘啊，這蓁蓁也太敬業了吧，母雞中的戰鬥雞，青樓勾欄裏的模範勞工啊。

可以想像，那一個個心滿意足提著褲頭、哼著小曲兒的官人、公子從裏頭出來，蓁蓁姑娘渾身汗液，仍然孜孜不倦地在第一線戰鬥……

沈傲突然打住了他的想像，轉念一想，王相公豈不是太冤枉了？這綠帽似乎多了那麼一點點，沒有個幾千頂，至少也有幾百了，看來王相公口味很重啊，表面上斯斯文文，心裏頭還是很齷齪的，多半是個喜歡點蠟燭、吊繩子的傢伙。

原本沈傲還想借王相公的衣衫穿穿的，可是如今一看，這衣衫已經被人轉手了上千回，還是算了，不穿也罷，他沈傲可不是個濫交的人。

沈傲感覺自己一下子變成了柳下惠，直著身子，眼觀鼻鼻觀心，心裏默念：「色即是空，空即是色，三更半夜，提防花柳……」

過不多時，從樓上走下一個人來，這人懊惱地搔著頭，嘆了口氣，便匆匆地離開；接著，最前排一個坐著的客人頓時露出喜色，連忙上樓去了。

看來這些客人還蠻有默契的，很規矩，果然是高級青樓，和尋常的不一樣。不過，

爲什麼那下樓的客人這麼懊惱呢？莫非是挺而不舉、舉而不堅、堅而不硬、硬而不久？

汗，這個時代還沒有威而剛啊，這讓廣大淫民情何以堪。

就這樣乾等著坐了許久，前面的客人一個個上去，可大多數懊惱地下來，沈傲心裏便樂了：「切，不行還跑來嫖妓。」

終於等到了先前的那個公子，那公子笑顏逐開地朝沈傲道：「兄台，本公子先上樓會七娘去了，你再等等，哈哈，一個時辰之後我再下來。」

「一個時辰，你以爲你是誰啊？」沈傲心裏大罵，臉上卻保持笑臉道：「公子真有本事，就是兩個時辰，我也心甘情願在這裏等著。」

那公子得意一笑，搖著扇子上樓去了。

結果不出半炷香的工夫，那公子便垂頭喪氣地走下來。沈傲迎過去，問道：「公子，怎麼這麼快？」

公子嘆著氣道：「七娘太厲害了，兄台，你可要小心，在下先走一步了。」說罷，便匆匆地走了。

太厲害？沈傲吸了口氣，他很想知道，這七娘到底是怎麼個厲害法。

興沖沖地登上樓梯，來到二樓，只見二樓是許多間隔開的廂房，在每間廂房門前都擺放著盆栽花卉，第一個廂房門前擺著的是一盆新鮮欲滴的牡丹，讓沈傲一看，便可以想像出包廂中的人兒一定是個豐腴的美女；至於第二個廂房的門前，卻是一盆臘梅，此刻寒冬還沒到，枝葉凋零，光禿禿的，有些蕭瑟；沈傲心裏想，莫非這第二個包廂中的美人兒是個性格孤僻的冰山美人？

那麼，七娘門前該擺什麼花呢？

迎面一婢女盈盈過來，朝沈傲福了福，口裏問：「不知公子要找哪位姑娘？」

沈傲搖著扇子，道：「找蓁蓁小姐。」

那婢女一笑，便旋身道：「公子請隨我來。」

過了道走廊，在一個廂房門前進去，沈傲留意了那門前擺著的是一盆菊花，心裏想：「菊花是什麼意思？莫非是搞……？漫山菊花開，呃……這個笑話有點噁心。」

廂房裏很典雅，分裏間外間，之間用一幕珠簾隔開，桌上的紅燭搖曳，將那女婢的臉都映紅了。

女婢旋身回頭，對沈傲道：「沈公子，要見蓁蓁姑娘可不簡單，得需通過兩個考驗才行。」

這是嫖妓還是猜燈謎，居然還要考驗？沈傲虎著臉道：「有什麼考驗，你說便是。」

婢女瞥了他一眼，說起來，沈傲的賣相還是不錯的，這裁剪合身的儒衫，再加上精緻的五官，自信的笑容，渾然一個美少年；那婢女被沈傲板著臉一說，便笑了，道：

「第一個考驗倒是簡單，請公子自我介紹。」

「自我介紹？我姓沈，單名一個傲字，這樣行不行？」

這回輪到小婢板著臉了，道：「當然不成，公子得說出自己的優點，是會作詩詞呢，還是會作畫，至不濟，捉棋也是可以的。」

沈傲抬頭望房梁，我的媽呀，原來嫖妓還得學門手藝，蒔花館到底是不是青樓？太可氣了，要把她們的東家拉出來痛毆一頓才能解恨。

他沉吟片刻，佇立著搖扇道：「本公子英俊不凡、面如冠玉，算不算優點？」

換作別人，自然是展示他們最好的一面，謙虛自然是要的，畢竟大多數都是讀書人，就是長得再英俊，也不好拿長相出來說；道自己優點的時候，最多說一聲略略讀過一些書，懂一些詩詞之類；誰知沈傲的臉皮太厚，自我感覺太良好，一邊說，那胸脯都彷彿挺起了三分，作出一副玉樹臨風狀。

那小婢女又笑了，故意瞪了沈傲一眼，道：「公子的臉皮真厚。」

沈傲理直氣壯地道：「不是本公子臉皮厚，是你不懂得欣賞。行啦！第一個考驗本公子算是通過了，第二個呢。」

小婢女瞪著他：「誰說通過了的？這句話該我說才是。」她又笑起來，低聲道：「好吧，就算你是通過了；這第二個考驗吧，必須拿出一件古玩來，送給我家小姐欣賞。」

「古玩？還欣賞？」沈傲想起來了，自己是來送行書的，不過，這行書現在不能拿出來，要當面送給蓁蓁。

有了，沈傲往百寶袋子裏一摸，拿出那枚從曹公公那裏買來的瑪瑙戒指，這枚戒指很值錢的啊，足足花了沈傲十文錢。

沈傲很心痛，很捨不得地將瑪瑙戒指交到婢女手心上，趁機揩了一把油，不捨地道：

「蓁蓁小姐欣賞完了，一定要記得還給本公子啊，這是我的傳家寶，將來要留給我夫人，等我夫人給我生了兒子，還要留給我兒媳，再將來……」

小婢女望著沈傲，大叫道：「公子，你能不能少說些閒話，這是我家小姐的規矩，把古玩送過去，若是我家小姐猜出了它的來歷，這戒指就歸我家小姐所有了，公子呢，小姐也不會見；除非你這件古玩來歷極其特殊，我家小姐猜不出，這古玩才能物歸原主，我家小姐才肯見你。」

沈傲聽得糊塗了，噢，自己把戒指給她家小姐，那小姐若是看出了戒指的來歷就收了戒指，還得把自己掃地出門?!

這是什麼規矩？黑店啊，光天化日……不，圓月高懸之下，有這麼黑的店嗎？

這還是嫖妓嗎？明顯是被人嫖啊。

不過，蓁蓁小姐也會鑑寶，恰好也激起了沈傲的好勝之心，這枚瑪瑙戒指的來歷也算是不一般的，就讓她猜猜看，若是猜出來了，沈傲願賭服輸。

沈傲對著小婢女點點頭，笑道：「好吧，你拿去給你家小姐看。」

小婢女旋身捲開珠簾進了裏屋。

沈傲這才明白，那些公子、相公們為什麼大多都懊惱地下樓，這些人也夠淒慘的，原以為他們只是不舉，合著他們多半連蓁蓁姑娘的面都沒見過，真淒涼！真悲劇！

沈傲毫不顯得拘謹，在小廳中翹腿坐下，口裏哼著歌兒：

「丁香笑吐嬌無限，語軟聲低，道我何曾慣。雲雨未諧，早被東風吹散。瘦煞人，天不管……」

曲調是沈傲套用後世的《霸王別姬》，至於歌詞，則是套了別的，說的是在青樓裏，一個年輕漂亮的妓女吃吃地嬌笑著，伸出舌尖在自己耳邊低聲說道：我還是個未「開苞」的黃花閨女呢，等一會兒你不要那麼瘋狂，那樣我是消受不了的！

好淫蕩，雖然不知是誰做的，可是沈傲很喜歡。

等了許久，裏屋還不見人出來，沈傲坐不住了，站起來，走到珠簾邊用扇骨去挑珠簾；冷不防那小婢女走出來，看到沈傲這樣的動作，頓時虎著臉道：

「你好大的膽，裏屋可不是你隨意能進的。」

沈傲理直氣壯地道：「本公子是來狎妓的，連屋子都不許進嗎？你們就是這樣打開門做生意的？」反問了一句，看小婢女沒有把瑪瑙戒指帶出來，就又問：「我的戒指呢？」

小婢女道：「我家小姐已經猜出它的來歷了。」說著，挑釁的望了沈傲一眼，道：「這枚戒指產自中唐時期，應當是大食商人帶來的，是不是？」

小婢女說得雖然簡單，卻是一字不差，沈傲微微一愣，只好點頭道：「這倒沒有錯。」

小婢女便叉手道：「好啦，既然我家小姐已經猜出它的來歷，這戒指就歸我家小姐所有了，至於公子，請回吧。」

她顯然是見慣了這樣的場面，對沈傲很不客氣，變臉比翻書還快。

好無恥，沈傲突然覺得自己的臉皮太薄，做人太正直了，小婢女方才那般理直氣壯的話，他是說不出來的；拿了人家的寶貝還將人掃地出門，她是屬強盜的嗎？不行，戒

指是小事，面子太重要了，不能認輸。

沈傲便笑著道：「慢著，這樣不公平，要鑑寶，就應當兩個人一起鑑，你家小姐鑑了我的戒指，我也該鑑鑑你家小姐的寶物。」

小婢女便道：「我家小姐沒有這閒工夫，你快走，否則我叫人來趕人了。」

沈傲頓時怒了：「趕人？你趕我試試看；不公平就是不公平，有本事叫你們家小姐出來，我和她比一比，她這三腳貓功夫就敢出來糊弄人，讓她見識見識真正的鑑寶專家的厲害。」

小婢女便道：「我家小姐沒工夫理你。」

沈傲就大叫：「蓁蓁小姐，本鑑寶專家要和你一分高下，你這是耍詐，是無賴……」

話說到一半，裏面有人吁了口氣，一句格外好聽的聲音傳出來：「環兒，教沈公子進來吧。」

閻王好惹、小鬼難纏，還是小姐的脾氣好那麼一點點，至於這丫頭……

沈傲瞪了她一眼：「聽見沒有，你家小姐叫我進去。」

一直以來，沈傲認為自己的邃雅山房已經夠黑了，誰知今天遇到更黑的。

李鬼遇到李逵，太慘了。不過他是屬蟑螂的，臉皮厚，膽子大，非得連本帶利地把自己的戒指拿回來不可。

聽到屋裏蓁蓁姑娘呼喚，沈傲瀟灑一笑，搖著扇子昂首闊步進去，就算蓁蓁真是李逵，他也要在老虎屁股上摸一把，宰客宰到他頭上，自然是絕不肯輕易甘休的。

裏屋很朦朧，輕紗帷幔，四壁掛著的書畫琳琅滿目、房裏鋪陳雅潔精緻，靠窗的几案上有一架九弦古琴，牆上伸出個燈架子，擱著一盞油燈，火光搖曳，將靠裏面的一張三面欄杆的雕花繡榻都照亮了；紅羅幔帳向兩邊勾起，薄衾竹簟中，一個美人兒依稀可見。

沈傲目光一閃，肆無忌憚地在這美人兒身上看。

話說對名妓，沈傲還是很好奇的；這一看，便有點兒把持不住的傾向；美人兒一雙晶亮的眸子，明淨清澈，燦若繁星。

見沈傲望向自己，不知她想到了什麼，對著沈傲微微一笑，眼睛彎得像月牙兒一樣，彷彿那靈韻也溢了出來；一顰一笑之間，高貴的神色自然流露，霎時之間，整個人彷彿都散發出清雅靈秀的光芒。

看來想像和現實還是頗有差距的，沈傲原料到蓁蓁一定是個妖嬈的女子，可是一看，竟比夫人還顯得矜持、高貴，這……還是母雞中的戰鬥雞？

再往下看，美人兒紅衣罩體，修長的玉頸下，那一片酥胸如凝脂白玉，半遮半掩，素腰一束，竟不盈一握，一雙頎長水潤勻稱的秀腿展露出微微一個角落……

看不下去了，太誘人犯罪啦，上半身是貴婦，下半身是蕩婦啊。

尋常的女子再美，沈傲也都能適應，畢竟沈傲也不是初哥，美女也見得多了，可是這女子的身材再配以周邊的環境，紅燭冉冉之下，一個美人兒坐在竹簟上，那半遮半掩的風情，讓沈傲頓時給迷住了。

第四二章

公子到此一遊

「不過，感覺還是少了點什麼。」沈傲又皺起了眉頭。

沈傲想起來了，還缺了一樣國粹，繼續提筆，在詩詞之後寫下一行小字：

「金剛不壞小郎君沈傲在此一遊。吾乘興而來，乘興而歸，樂在溫柔鄉。」

「公子請坐。」蓁蓁說話了，輕輕一笑，隨即站了起來，婀娜的走到桌上去斟茶。

沈傲回過神來，頓時心裏大罵：「沈傲啊沈傲，你是個純潔的有爲青年啊，要把持住，不能露出本性。」於是便笑搖著扇子道：「小姐就是蓁蓁姑娘嗎？」

「公子叫我蓁蓁就是。」蓁蓁嫣然一笑，纓首倒了茶，小心翼翼地端至沈傲身前。那雪白如玉的手兒剛要抽離，沈傲的手突然伸過來，一下子握住蓁蓁的手腕；蓁蓁頓時臉上飛紅，啓開櫻桃小嘴道：「公子要做什麼？」聲音中帶有羞怒。

沈傲呵呵一笑，另一隻手在蓁蓁的玉腕上一捏，口裏道：「好大一隻飛蟲，看本公子用少林龍抓手掐死牠。」

蓁蓁一看，沈傲的手上還真掐著一隻飛蛾，只是另一隻手卻還捏住了自己的手腕，又是道：「你把手放開。」

沈傲委屈極了，好心辦壞事，放開蓁蓁的手，沈傲的手心上還留有那淡香的餘溫。

沈傲洩憤地把飛蛾拋在地上拿腳去踩，口裏還道：「踩死你，踩死你，你這隻死賤蟲，蓁蓁姑娘天仙般的人物，你連做她綠葉都不配，居然還敢附在她身上，該死，真該死。」

這樣一說，蓁蓁便掩嘴笑了，道：「牠已經死了，公子還要爲難牠嗎？」

沈傲收腿，很不解氣的樣子道：「我一直在告誡這些死賤蟲，做雄蟲要風流不要下流，牠偏偏不聽話，死了活該。」

說著，口乾舌燥地去喝茶，心裏想：「蓁蓁姑娘好啊，看來王相公的衣衫若有機會，沈某人還是借來穿一穿的好！哈哈，止好成全了王相公急公好義的美名，將來行走在江湖，大家一聽『王相公』這三個字，一個個滿是憧憬的翹出大拇指：及時雨王相公是條好漢子，哇哈哈……」

沈傲邪惡地胡思亂想，可是臉上還是很正派的，方才不過是個玩笑，先去除對方的尷尬。

蓁蓁嫣然地笑著，上下打量沈傲一眼，低聲呢喃道：「公子方才說是會鑑寶嗎？」

說到自己的專業，沈傲氣勢如虹地道：「沒有錯，在下又名鑑寶專家，江湖人稱『眼力過人小相公』。」

蓁蓁臉上染了一層紅暈，眼前這個公子吹起牛來真是面不改色啊！便道：「那好，蓁蓁便和你比一比。」

蓁蓁坐在沈傲的對案，眼中帶著幾分興味，道：「我拿出一樣寶物來，若是公子能猜出它的來歷，這寶物就歸公子了，如何？」

沈傲扇子搖了搖，道：「不行，這樣沒意思，我來蒔花館是尋歡作樂的，帶這麼多古玩回去做什麼；不如這樣，我若是猜出了來歷，蓁蓁姑娘就喝一杯酒，再為沈傲唱個

小曲，哈哈，怎麼樣？」

蓁蓁臉色微怒，心裏道：「原來是個不知天高地厚的狂生，這蒔花館也是你來搗亂的？」

可是方才沈傲那一句「帶這麼多古玩回去做什麼」，明顯是勝券在握的樣子，讓蓁蓁不禁想：「好，今日看看他到底有什麼本事，若是輸了，我也甘願。」

蓁蓁頷首點頭，那俏臉一緊，正色道：「環兒，去取一壺酒來。」

沈傲連忙道：「取十壺酒來，一壺怎麼夠，我要和蓁蓁小姐賭個痛快。」

那環兒小婢過來，左右爲難，望著蓁蓁，想聽她到底要幾壺酒。

蓁蓁臉色佈滿寒霜，啓齒道：「就拿十壺來，倒要見見沈公子何德何能，能讓蓁蓁將這些酒都喝盡了。」

環兒應聲去了，過不多時，便端了酒來。

蓁蓁率先道：「沈公子，你看這鼎爐如何？」

蓁蓁纖手一揚，指尖點到八仙桌上的一個香爐上。

沈傲一看，這鼎爐裏尙在燃燒著香片，發出淡淡的菊花香氣；暖爐由青銅打造，樣式古樸，不消說，這香爐也是有來歷的。

沈傲只看了看，嘆了口氣道：「蓁蓁姑娘爲什麼不出個難題呢？用這樣的香爐來試探本公子也太沒意思了，一個晚唐時期的宮廷香爐，只怕稍稍通曉些鑑寶的，都能看得出來。」

蓁蓁方才不過是試探沈傲的深淺，見沈傲只消看一眼便猜測出香爐的來歷，頓時頗爲震驚。

正如沈傲所說，這香爐的來歷並不難，可是像沈傲這樣一眼就能看穿它來歷的，只怕就不太容易了。看來今日真是遇到高手了！

蓁蓁目光一緊，嘴角微微一揚，道：「公子很高明，蓁蓁現在信了！願賭服輸，這一杯酒，蓁蓁先乾爲敬。」說著，攏著蘭花指斟起一杯酒，朝沈傲方向微微一拱，一口喝盡。

蓁蓁的酒量不錯，雖然一杯酒下肚，臉上沾染了一絲紅暈，舉止還是如常的。

沈傲饒有興致地觀賞著美人兒喝酒的模樣，笑著道：「酒喝了，蓁蓁是不是該唱一曲啦！」

蓁蓁去靠窗的几案上取來九弦古琴，指尖兒在琴弦上撥動一下，先試了音，啓口道：「請公子不吝賜教。」

撥動琴弦，琴音由低轉高，櫻桃嘴兒啓開，隨著曲音低聲哼唱道：

「夢覺透窗風一線，寒燈吹息。那堪酒醒，又聞空階，夜雨頻滴，嗟因循、久作天

涯客。負佳人、幾許盟言，便忍把……」

唱到一半，沈傲打斷道：「不好聽，不好聽，這是誰寫的詞，太文藝了，本公子不喜歡。」

蓁蓁雙眉一蹙，這是柳永的詞，柳永仕途坎坷、生活潦倒，他由追求功名轉而厭倦官場，沉溺於旖旎繁華的青樓勾欄，因大多詩詞寫的都是青樓的生活，因此他的詞在青樓中甚受推崇。

沈傲說這詞不好，讓蓁蓁很是不悅，心裏不禁罵道：「這人真沒家教。」口裏卻說：「那麼公子以爲哪首詞更好呢？」

沈傲嘿嘿一笑，手指在桌上打著節拍，扯著嗓子唱：

「丁香笑吐嬌無限，語軟聲低，道我何曾慣。雲雨未諧，早被東風吹散。瘦煞人，天不管……」

還是方才低吟的那首小曲。

身爲名妓，不但要熟知音律，更要對詩詞有所精通；蓁蓁聽過的詞兒沒有一千也有八百，沈傲唱的詞卻是從未聽過的；再尋味那詞意，頓時臉色緋紅，俏臉上浮現出些許羞怒。

詞的意境很優美，可是太過淫穢，彷彿是將蓁蓁比喻成那紅花女，而沈傲卻成了即將親赴巫山的嫖客。

「這樣的好詞兒，竟是他做，這個讀書人文采斐然，卻偏偏如此下作。」

蓁蓁心裏想著，哪裡知道，沈傲所謂的逛青樓，其實就是嫖妓；而這「蒔花館」養的都是藝伎，大多都是賣藝不賣身，亦或是暫不賣身的。

美人兒就好像開春的桃花，越是含苞待放時越是值錢，一旦遭人摧殘，就不值一文了；也正因爲如此，蒔花館養著這些美人兒，重金請人教她們音律、詩詞，怎麼可能將她們輕易與人一度春宵呢。

更確切地說，蓁蓁所受的教養，採用的完全是富家小姐的模式，哪裡聽得慣這樣的淫詞，耳根兒都要紅了。

沈傲唱完，自得其樂地道：「蓁蓁姑娘以爲我這詞如何？」

蓁蓁故作從容，不露聲色地露齒一笑，低聲道：「公子何必羈絆在詩詞上，我們還是繼續鑑賞古物吧。」

蓁蓁的眼眸閃露出一絲狡黠，心裏想：「此人不簡單，不能用常理來猜度。」接著，便到床頭去，打開一個梳妝盒，從中取出一個小瓷瓶，捧過來放在桌上，口裏道：「沈公子請看，這小瓷瓶有什麼來歷？」

沈傲定睛一看，瓷瓶兒的花紋很美，有一種開放的風氣，工藝精湛，年代應當是中

唐時節；只是大瓷瓶見得多了，這種造型古怪的小瓷瓶卻是不多見；它的用途是什麼？

首先，這樣精緻特異的瓷瓶，一定是量身訂製的，而有這樣財勢作出這種消遣的人，除了王公富戶，尋常的百姓就算有這閒錢，也絕不會浪費到這裏面去。

再看這花紋的紋理，細膩而精緻，一朵牡丹花兒蔓延開來，佔據了正中的位置，遠遠看去，新鮮欲滴，工藝很精湛，中唐時期能擁有這樣工藝的工匠應該極少。

最大的問題，仍然是這瓷瓶的用途，既然是製造出來，一定有它的作用，知道了用途，許多疑惑就迎刃而解了。

這小瓷瓶只有巴掌大，造型扁平，頸口處微微彎曲，彷彿天鵝一般。

沈傲依稀記得，曾經在某個博物館裏看過這種相似的瓷瓶，那瓷瓶是宋時的古物，專用於當時的修仙練道者用來攜帶丹藥的，這種設計很精巧，丹藥放置進去，尋常時，就算瓶口向下也不會傾倒出來；可是若拖住瓶底輕輕敲打，丹藥則自彎曲的瓶口緩緩流出。

那麼，這中唐時的瓷瓶，只怕和宋朝的瓷瓶用途是一樣的，雖然造型有了些許的改變，卻也還說得通。

唐代皇帝，因爲道教尊奉的老子姓李，唐皇室也姓李，所以便尊老子爲始祖，自稱爲老子後裔，特別崇奉道教；尤其在唐朝中葉，修道的風氣已經成爲了達官貴人的時佝，道家昌盛，煉丹的風氣自然而然的鼎盛起來。

沈傲胸有成竹地微微一笑，拿過瓷瓶，口裏笑道：「中唐的丹瓶是這樣的嗎？我來聞一聞，百年過後是否還留有藥香。」說著揭開瓷瓶，用力嗅了嗅，隨即黯然地搖頭道：「仙藥都被人誤以爲能夠延年益壽，可是它的香氣卻連區區幾百年都不能留住，可笑，可笑……」

蓁蓁微微一愣，這瓷瓶確實是中唐時期的丹瓶，因爲丹瓶流傳下來的極少，因此許多人並不知道它的用途；沈傲能猜測出它的來歷，這樣的眼力，只怕在整個汴京城也是極少的了。

尋常字畫、瓷瓶、硯臺，其實都極好鑑定的，因爲這些東西太多，鑑寶者根本不需去猜測它的用途，只需從材質和紋理、工藝看出它們的年代即可。反而是一些較爲稀有的物件，就算並不珍貴，卻足以讓那些鑑寶之人束手無策，因爲猜測不出寶物的用途，許多疑惑也就解不開了。

願賭服輸，蓁蓁這一次很乖，不需沈傲催促，便自斟自飲了一口酒，那嬌俏的臉上紅暈更甚，又撫弄琴弦，正要清唱，沈傲道：

「蓁蓁小姐，我能不能爲自己點一首歌？」

蓁蓁頓了一下，道：「不知公子要點什麼歌？」

沈傲道：「今日是本公子第一次狎妓的大好日子，所以，我想請蓁蓁小姐爲我唱一曲《冷丁香》如何？」

「《冷丁香》？」蓁蓁的眼眸閃過一絲狐疑，或許是酒精的作用，那胸口微微起伏，口中噴薄著些許酒氣，混雜著體香，很是誘人。

蓁蓁熟知音律，各種詞曲都很熟稔，只是《冷丁香》這個曲兒，卻是聽都沒有聽說過。

沈傲便道：「蓁蓁姑娘不會嗎？好吧，我來教你唱。」說著走過去，身子挨近了蓁蓁，鼻尖有迷人的香氣盤繞，心神蕩漾，他撥了撥琴弦，笑了笑，開始撫弄琴弦，頓時，悅耳的琴音驟起，竟是說不出的好聽。

蓁蓁抬眸，望了一眼帶著淡笑撫琴的沈傲，心裏很複雜，心想：「他會鑑寶，會作詞，原來還會撫琴，這樣的男人可不多見。」

只是這曲兒卻很輕浮，沒有隱晦悠揚之美，若是蓁蓁知道沈傲所奏的是後世有名的「十八摸」，只怕已經無語問青天了。

古琴，沈傲是會彈的，尤其是奏起這曲很熟稔的調子，竟是行雲流水，一點生澀都沒有。

沈傲咳嗽一聲，又開始唱，第一句方出口，蓁蓁的眉頭就情不自禁地蹙了起來，還是那個曲子，這個公子真是無趣極了，雖有才情，可也太放浪形骸了吧。

蓁蓁打斷琴音道：「沈公子……」

「嗯？」沈傲停了琴音，側過臉來看向蓁蓁，差點兒就要貼到蓁蓁的臉頰了，鼻尖甚至能聞到蓁蓁口吐出來的蘭香酒氣。

蓁蓁愣，身形連忙微微往後一欠，道：「沈公子，我們繼續鑑寶好嗎？」

沈傲很失落，隨即又笑著道：「好吧，我們繼續。」

蓁蓁的梳妝盒，寶貝倒是不少，沈傲猜出來一次，便教她喝一次酒，開始還唱些曲子，後來蓁蓁不勝酒力，又輸紅了眼，竟是連曲兒都不唱了，一個個古玩擺在沈傲身前，沈傲只粗看一下，便又說出來歷。

那婢女環兒眼見蓁蓁已半醉了，在外廳裏隔著簾子探頭探腦，很爲小姐擔憂，沈傲對她的印象不好，過去將她趕開，口裏道：「出去，出去，我和你家小姐在比鑑寶，你摻和什麼，你又不懂，快出去。」

把環兒趕出門，砰地將門關上，回到裏屋，蓁蓁已經滿臉通紅、呼吸急促了，那肚兜前的抹胸不小心歪了一些，恰好露出晶瑩如脂的半個肉團來，毫無所覺春色外露的蓁蓁，按著暈眩的額頭道：

「沈公子，奴家認輸了，沈公子請回吧。」

蓁蓁用盡最後一分神智，低聲呢喃，幾乎變成了祈求。

沈傲笑著坐在蓁蓁對面，不慌不忙地道：「蓁蓁小姐，再來一局，你將你的壓箱寶拿來，看看能不能勝我。」

蓁蓁眸光迷離，口裏喃喃念道：「什麼壓箱寶？」

蓁蓁還是存有最後一絲的理智的，沉吟片刻，倒是真的想起某個東西來，東倒西歪地站起來，那百褶裙竟不小心被家什勾住，一下子露出兩截晶瑩剔透的細嫩長腿。

沈傲帶著一點點的醉意，看著蓁蓁那迷人的身影幾乎呆住了，這小妮子的酒量太好了，十幾杯酒下肚，竟是還能站起來。

蓁蓁從床頭取出一柄小匕首，回眸朝著沈傲癡癡地一笑，口裏道：「沈公子，有了……」

她拿著匕首一步步走過來，口裏呢喃道：「若是沈公子猜出它的來歷，蓁……蓁蓁願將一壺酒都喝下。」

沈傲連忙好心地去扶蓁蓁，口裏埋怨道：「蓁蓁，你怎麼這麼不懂事，醉得都快走不動路了，還拿個匕首做什麼，要是有個閃失，傷了你自己，那可不成的。」

口裏說得大義凜然，沈傲的鹹豬手趁機在蓁蓁的豐臀上摸了一把。

嗯，手感不錯，彈性很好。

蓁蓁帶著醉意，吃笑著道：「沈公子，你來看匕首，快來。」

蓁蓁實在是醉了，身子也變得無力了，一下子失衡，便撲在了沈傲的懷裏，酥胸正好貼著沈傲的胸膛。

沈傲大義凜然地道：「蓁蓁姑娘，你這是做什麼？我沈傲風流而不下流，可不是很隨便的人。」說著，一把摟著她，手已經不老實了。

手剛剛撩入裙襟，沿著滑嫩的肌膚向上摸索，蓁蓁陡然打了個激靈，清醒了一些，輕輕將沈傲推開，道：「沈……沈公子，你……你幹什麼，來……來看看這匕首的來歷。」

沈傲立即收回手，目光一下子又變得清澈而純潔，連忙說：「好。」

沈傲一手摟著蓁蓁的腰，一手掌起匕首左右觀看，皮鞘很古樸，可是將匕首拉出來，頓時寒芒一閃，發出迫人的光澤。

「好匕首！」沈傲忍不住大喝一聲，目光全神貫注地落在這匕首的紋理上。

燭影之下，匕首的紋理很清晰，一行淡淡的小篆字在若隱若現，沈傲定睛去看，這兩個小篆寫著「魚勝」二字；不消說，匕首的來歷應當是在先秦，而「魚勝」，應當就是劍名。

沈傲微微一笑，這也太簡單了，幾乎不用去看紋理工藝，單這「魚勝」二字，便可猜測出它的來歷。

正要開口，突然有所察覺地頓住了。

不對……沈傲的目光落在匕首的柄處，那匕首的柄端鑲嵌著一塊古玉，其工藝和質地，絕不是秦人所能擁有的。

這是一塊漢朝羊脂玉，玉上的紋理是漢朝後期常見的蒲紋，而且看這玉與匕首的結合處，明顯沒有添加的痕跡，這意味著，匕首從鍛造那一日起，這塊玉便鑲嵌在匕首上了。

秦朝的匕首加上漢朝時期的劍柄，偏偏這兩樣東西卻是同時鍛造出來，這倒是奇怪了；唯一的解釋，就是鍛造這柄匕首的人是個仿製專家。

此人應當是個東漢初年的人，酷愛秦時的古物，才鍛造出這匕首，只是在製造匕首的柄處時卻疏忽了，一不小心，竟用了漢玉來作爲裝飾。

一個不成功的仿造者同行，竟差點讓沈傲看走了眼，沈傲不由苦笑了一聲，嘆了口氣對蓁蓁道：「蓁蓁姑娘，這初漢時的匕首倒是不錯，可惜是傚仿先秦的作品，倒是顯得有些不倫不類了，可惜，可惜……」

「咦？」蓁蓁的眸光彷彿充滿了迷霧，驚嘆一聲，帶著醉意，吃吃笑著道：「沈公子果然厲害，這……這匕首可不尋常，沈公子竟能猜出它的來歷，蓁蓁真的心甘情願地服氣了……」

蓁蓁說著，從沈傲懷中掙扎出來，腳步踉蹌地撲向桌子，端起一壺酒，啓開櫻桃小口便喝起來。

「想不到蓁蓁小姐還是豪放派。」沈傲也帶有一些醉意，頓時渾身燥熱起來，一下子攬住蓁蓁的蠻腰，呼吸也開始急促起來。

他是來逛青樓，自然是尋樂子來的，若是遇到周若或者春兒，眼下的情況，或許還能把持得住；可是這輕紗帷幔之中，那口吐酒香的美人兒半遮半掩地在沈傲眼簾，別說什麼色即是空，空即是色，就是給他念一百遍般若經，都抑制不住體內的衝動。

那雙腿之間的小相公，隨著沈傲的手探過蓁蓁的胸腹遊走而逐漸堅挺，沈傲不禁渾身燥熱起來。

沈傲一把將蓁蓁攬過來，望著那迷濛的眼睛，兩對眼眸交錯一起，蓁蓁笑出如銀鈴般好聽的笑聲，然後低聲呢喃道：「沈公子，你要做什麼啊？」

方才還是一副貴婦模樣，此刻一下子拋下了偽裝，那笑容妖嬈嫵媚得讓沈傲怦然心動，胸膛頂著她的雙乳，感受著那胸前帶來的熱度，沈傲情不自禁地道：

「做什麼？蓁蓁姑娘，我們一個姦夫，一個淫婦，兩隻臭蟲在一起，還能做什

麼？」說著，垂頭迎向那紅唇深吻下去。

胯下的小相公已經脹得衝出來，在蓁蓁的雙腿之間努力摩蹭；兩個人的舌尖攪在一起，蓁蓁開始時還有些抗拒，可是等到沈傲的舌根絞進口舌，渾身都軟下來，嚶嚶嗚嗚地想說什麼，卻被沈傲的嘴封住，身體也因爲醉意而沒有太多的反抗。

沈傲將面色嬌紅、前胸起伏不已的蓁蓁放在桌上，雙手一拉，將她的衣衫扯開，燭光搖曳下，那如脂似玉的的身子若隱若現，完美的曲線展露無遺，那一對美胸堅挺著，如映山紅一般點綴在身上。

沈傲穿衣不快，脫衣服卻是快極了，在一陣陣喘氣聲，全身的衣物除盡，便頂著蓁蓁的雙腿之間撲過去，輕輕地吮吸著她身上的每一處角落。

「啊……」伴隨著一聲痛苦又歡愉的叫聲，某個硬物頂入蓁蓁體內，蓁蓁渾身都要抽搐了……

伊人已疲倦地進入夢鄉，那裸露的胴體沾滿了細密的汗液，屋內上下，到處都是散落的衣物，沈傲精神太好，戰鬥力太強大，裸露著身子站起來，得意的大笑。

門外那個叫環兒的小婢在敲門，口裏叫道：「小姐，小姐……」

沈傲不去理她，卻是一下子來了興致，四處去尋筆，這樣好的一幅景象，又怎能錯過？

好，要將它畫出來，名字叫什麼？叫《金剛不壞小郎君征戰圖》？哈哈，這個名字，好極了。

沈傲臉色泛紅，酒氣也發作了，到處去尋筆，總算找到了，研了墨，沾了墨汁，便在雪白的牆壁上鎮定心神，提筆舞動。

那筆尖在牆壁上龍飛鳳舞，竟是一下子就畫出了美人兒的輪廓，沈傲採用的是兩晉時顧愷之的畫風，畫面開首以虛空為背景，蓁蓁姑娘則半躺在虛空，那美麗的身體與殘存的衣物相互協調，渾然一體。

足足過了半個時辰，沈傲將筆拋在地上，眼睛望著牆上的美人，頓時大笑，這幅畫可謂是他的頂峰之作，那似醉似醒的美人兒半躺著，那睫毛似乎都在微微顫動，彷彿下一刻，那美人便要張眸醒來，又似是眷戀地繼續做著美夢。

好累，一陣強烈的疲倦襲來，沈傲終於支撐不住，一屁股坐地，哈哈大笑，心裏想：「今天真是痛快，美人兒好，畫也好，哈哈……」他身子一倒，便乾脆裸著身子睡在地上了。

這一夜睡得很香甜，沈傲在夢中，似乎又看到了蓁蓁，蓁蓁那欲拒還迎的表情，那張時而尊貴，時而妖嬈的絕色容顏，一下子對著沈傲吃吃地笑，一下子又恢復了冰冷，

不斷地在盤旋變幻。

還有春兒，春兒在曠野上，踩著泥濘，手拿著一束花兒，向自己奔來，沈傲的耳畔依稀還可以聽到她在喊：「沈大哥，你要好好讀書呵。」

汗，好有罪惡感，讀書讀到蒔花館來了。

接著，春兒不見了，周若嫣然回眸，那眸光帶有深情，又有冰冷，她開口冷哼一聲：「沈傲，你又在胡作非爲嗎？」

周若的殺氣很重，沈傲哇地一聲便驚醒了，坐起來，腦子有些懵，左右一看，地上仍然很凌亂，可是那桌上的美人兒卻不見了，牆壁上的畫兒還在。

沈傲站起來，見自己還是赤身裸體的，嘿嘿一笑，「平日勤於練身果然不同，就是比別人要強壯那麼一點點。」再去欣賞牆壁上那畫，哈，不錯，很好，不過，似乎缺少了點什麼；不急，先穿了衣衫再說。

他低下頭，要找尋衣衫，走到八仙桌下，卻發現了斑斑的血跡，狀若梅花。

沈傲微微一愣，忍不住撓撓頭，有些驚愕地想：「蓁蓁姑娘竟還是個處女？」

不，說錯了，應該昨天還是，今天已經不是了。

難怪了，沈傲開始回憶，記得自己進入時，蓁蓁幾乎全身都抽搐起來，精神緊繃，那銀牙似都要咬碎了。

「罪過，罪過。」沈傲嘴裏高念佛號，心中頗有些遺憾，早知如此，昨夜就不該對蓁蓁這樣粗暴，說不定蓁蓁心裏有陰影呢。隨即又想：「既然蓁蓁讓我開了苞，那往後就不准她再被別人碰了，好，我要爲她贖身。」

沈傲的性格一向是只進不出，他的就是他的，誰也不能搶，搶了就虧大了，要拼命的。

打定了主意，頓時又想起了昨夜那詞兒，哈哈，那詞兒真應景，可惜蓁蓁沒有唱出來，否則就完美了。

好，有機會叫她唱。

他心裏愉快極了，情不自禁地笑了，回頭又看向那牆壁上的畫，畫中的蓁蓁很嫵媚，很妖嬈，那熟睡的樣子很恬然，只是，總還是感覺缺少一點什麼，究竟缺點什麼呢？

沈傲懊惱地皺了一下眉頭，終於想起來了，還少一句詩詞。

沈傲又興致勃勃地將昨夜丟棄的筆拾起來，尋了硯臺研了墨，微微沉思片刻，便在畫的角落上寫著：「丁香笑吐嬌無限，語軟聲低，道我何曾慣。雲雨未諧，早被東風吹散。瘦煞人，天不管。」

這是沈傲最愛的詩！沈傲太喜歡了，今日到這裏留作紀念！

他題完字，向後退一步，又去欣賞自己的行書，很好，這行書用的是董其昌的寫法，很有神韻，與那畫很切合。

「不過，感覺還是少了點什麼。」沈傲又皺起了眉頭。

想起來了，還缺了一樣國粹。

沈傲又笑，繼續提筆，在詩詞之後寫下一行小字：

「金剛不壞小郎君沈傲在此一遊。吾乘興而來，乘興而歸，樂在溫柔鄉。」

就是它了，這樣一來，詞、畫、題字三合一，放眼望去，看得很舒坦。

第四三章

名媛姐妹花

不多時，那珠簾掀開，一個豐腴的美人兒便款款進來。

這美人兒和蓁蓁同屬絕色，只是蓁蓁纖弱，而這美人兒豐腴，一顰一笑之間，風情萬種，彷彿要把別人的魂兒都要勾掉一般。

「是師師姐姐！」

擱下了筆，沈傲伸了個懶腰，才慢悠悠地去尋衣衫，正要穿上，便有人急促促地進來，拉開珠簾，卻是淚眼婆娑的蓁蓁。

蓁蓁看見他，驚愕地呢喃：「你還沒走？」

沈傲光著屁股，一點也不尷尬，笑道：「蓁蓁姑娘，我才剛起來呢。」

蓁蓁又羞又怒，連忙過來，推著沈傲道：「快，快走……」

看她忙著趕人的樣子，沈傲說：「我還沒穿衣衫呢。」

蓁蓁低泣道：「你，你……來不及了，來不及了，沈公子，快，能不能請你到床底去避一避。」

男子漢大丈夫，有什麼可避的？沈傲搖頭，口裏道：「是不是有人要來？好極了，我和他打個招呼。」他心裏生出警惕，看來有對手啊，不行，得去會一會。

蓁蓁哭了，嗚嗚地流著淚珠：「沈公子，就算奴家求求你，你避一避吧……」

蓁蓁望著沈傲，淚眼婆娑，滿是祈求，雙肩微微顫抖著，彷彿激流的浮萍兒，弱不禁風。

沈傲心軟了，只好道：「好，爲了蓁蓁姑娘，我就鑽一鑽床底。」

沈傲顧不得穿衣衫了，彎腰鑽進床底，心裏冷冷地想：「哼，倒是要瞧瞧來人是誰？敢調戲我的女人，找機會幹掉他。」

從床底往外看，蓁蓁慌亂地在收拾著屋子，那一雙玉腿似是受傷不輕，走起路來一
瘸一拐，那是沈傲昨天太瘋狂所致的啊。
過不多時，便聽到一個男人的聲音傳了進來：「蓁蓁，蓁蓁，我來了，下了早課，
我偷偷地翻牆溜來的，快看，這是我為你做的詞。」
這個聲音越來越近，隨著珠簾掀起的聲音，便進了屋內。
「哦，看來此人應當不是監生就是太學生，否則怎麼要上早課，還翻牆？死書呆
子，原來是來見相好的，一對姦夫淫婦。」沈傲心裏暗罵。
蓁蓁的聲音恢復了正常，軟語道：「是鄭公子，鄭公子今日怎麼來得這麼早？」
「原來這男人來的不是一次兩次，太可惡了！」沈傲妒火中燒，心裏又是暗罵起
來。
「蓁蓁……這是怎麼回事？」顯然那書生察覺出了屋內的異樣，不說別的，就是那
牆壁上的畫和行書也太顯眼了，就算瞎子都能看得見。
那個書生的聲音帶著質問，飽含著屈辱和怒意。
蓁蓁看著激動起來的書生，淚水迷濛了眼睛，低泣著道：「鄭公子，請你不要問，
好嗎？」
那書生頓了半响，臉上有著不忍，語氣軟了下來，低聲道：

「蓁蓁，你……哎……，這人是誰？他……他竟還在你的閨閣裡作這樣下流的畫作……這是什麼？」

那書生舉步走向牆壁，喃喃念道：

「丁香笑吐嬌無限，語軟聲低，道我何曾慣。雲雨未諧，早被東風吹散。瘦煞人，天不管……哼，此人太放肆了，蓁蓁，他是誰？」

蓁蓁還是低聲哭泣，繼續幽幽地道：「公子不要問好嗎？」

書生看著蓁蓁帶著無盡悲傷的臉，只好嘆息一聲，道：「蓁蓁……你辛苦了，可惜我只是一個窮書生……有朝一日，若我鄭詩考取了功名，一定要給你個出身。」

蓁蓁連忙道：「鄭公子不必再說了，蓁蓁已是殘花敗柳，哪裡有這樣的福分。」

「原來這相好叫鄭詩。」沈傲在心裡冷哼了一聲。

還不等沈傲繼續多想，鄭詩又道：「蓁蓁，不管你現在如何，將來，我鄭詩若是一朝得志，就絕不會讓你繼續在這裡受苦。」

蓁蓁似是被感動了，低聲呢喃道：「公子……蓁蓁，蓁蓁對不起你……」

鄭詩便道：「不要再說了，這件事……就當沒有發生過吧。蓁蓁，給我泡壺茶好嗎？」

沈傲心裡吐血，這個鄭詩戴了綠帽子，竟然還有心情喝茶？臉皮之厚，竟然和自己不遑多讓。

蓁蓁便一瘸一拐地去給鄭詩沏茶。沈傲從床底往外看，瞧見那裙襬搖曳，露出一小截玉腿，很是動人，不由自主地想起昨夜的瘋狂……

鄭詩似是喝了口茶，絕口不再去提蓁蓁昨夜發生的事，溫和地說道：「蓁蓁姑娘，這是我近日的詩作，你看看我的詩寫得好不好？」

蓁蓁低聲沉吟了會兒，道：「好，好得很呢。」

蓁蓁說話時有些遲疑，沈傲聽在耳裏，頓時感覺出蓁蓁這句話是違心之言，不無得意地想：「蓁蓁看了本公子的詩，再看這鄭詩的塗鴉，只怕就覺得他的詩詞索然無味了。」

鄭詩繼續道：「過幾日，我要和幾個同窗一道去城外踏青，程輝公子也會去的，到時候，有些學問可以向他討教，蓁蓁，我可能有幾日不能來看你啦。」

蓁蓁便道：「鄭公子既是和同窗去遊玩，身上可一定要帶些零錢，莫要讓同窗恥笑。」她走到床頭處去翻梳妝盒，過了一會兒，旋身將一樣東西交給鄭詩，說道：「這二十貫錢引，鄭公子收著，一分錢難倒英雄漢，莫要被人看輕了。」

鄭詩連忙期期艾艾的道：「不，不必的，蓁蓁姑娘，我雖然窮，但是爲人最重要的

是立身，立身正了，身外之物倒是無妨。」

蓁蓁難得地笑了起來，順著他話中的意思道：「對，對，鄭公子，你的話原也沒錯，可是立身正了，再帶些身外之物去與同窗們好好遊玩也是不錯的。」說著便繼續道：「這二十兩銀子，鄭公子不必記掛，好好讀書吧。」

沈傲大怒！太無恥了，原來這個叫鄭詩的是個小白臉，竟要個女人倒貼錢給他。

鄭詩沉默了一會兒，似是將那錢引笑納了，道：「蓁蓁姑娘的爲人真好，能與蓁蓁姑娘結爲莫逆之交，真是鄭某人的榮幸。」

鄭詩和蓁蓁說了許多話，大多都是談及鄭詩前程的，蓁蓁只是聽，偶爾問幾句，那鄭詩的表現也頗有些寡言少語，偶爾憋了許久又安慰蓁蓁。

過不多時，鄭詩站起來道：「蓁蓁姑娘，鄭某今日就先告辭了，過幾日就是鑑寶會，說起來，我對鑑寶也有一些心得，不知蓁蓁姑娘會不會去？」

好像蓁蓁對鄭詩的鑑寶之術頗爲推崇，連忙道：「若有機會，蓁蓁自會去的。」

鄭詩點了點頭，便告辭出去。

等到鄭詩走了，屋裏如死一般的沉寂，沈傲正要出去，大清早的，鑽閨閣的床底，呸呸呸……一世英名喪盡啊。

話說回來，沈傲似乎也沒什麼英名。

正在沈傲胡思亂想時，從外頭去來一堆衣物，沈傲一看，竟是自己的衣物，聽到蓁蓁在床外道：「沈公子快穿了衣衫吧。」

穿衣衫？就在床底下穿？沈傲頓時無語，這床底下的空間這麼小，怎麼個穿法？莫非用軟骨功？可是沈傲不會啊！

「看來蓁蓁小姐深諳此道，好，有空叫她來示範一下。」沈傲心裏邪惡地想，光著身子從床底鑽出來，還是到外頭去穿比較清涼一些。

見沈傲鑽出來，蓁蓁大窘，連連退開，口裏道：「你……你……」連忙把俏臉別過去。

沈傲一邊穿衣，一邊理直氣壯的道：「我怎麼了？蓁蓁小姐，我這麼大個男人，你叫我怎麼在那裏穿衣衫？本公子是體面人，是不是？孔夫子曾說過，衣衫如老婆，因此穿衣要格外細心，在床底下，非但褻瀆了本公子，更是褻瀆了我的衣……，不，妻子。」

蓁蓁聽著他這樣胡扯，頓時疑惑道：「孔聖人說過這句話嗎？」

沈傲將衣衫穿上，整了整儀容，瞬間，整個人從一個登徒子一下子變成了翩翩儒雅的俊公子，可惜手邊的扇子不知丟哪裡去了，否則那扇子輕搖，更增幾分倜儻。

「孔聖人沒有說過嗎？噢，那我可能忘記了，反正，不是孔聖人就是王聖人，或者沈聖人說過，我這人好讀書不求甚解的，所以許多東西記得不牢。」

沈傲滿口胡扯，慢慢地欺身上去，笑吟吟地道：「昨夜沒有瞧清蓁蓁姑娘的模樣，今日清早見了，才發現蓁蓁姑娘這樣美。」

蓁蓁連連後退，這個男人，在她眼裏仍有許多陌生，想起昨夜的瘋狂，她頓時俏臉羞紅，一時間竟是不知所措。只是沈傲的形象並不壞，只是頗有些無恥，可是這種無恥，又有些恰到好處，嘴裏油腔滑調的，可是舉止倒還不太過分，沒有引起蓁蓁太大的惡感。

蓁蓁微微低下頭，喃喃道：「沈公子自重好嗎？」

沈傲咳嗽一聲，話說現在的情景和他預想的有些不對，一夜夫妻百日恩，蓁蓁似乎沒有這麼快接受自己。

不過，沈傲最不缺乏的就是耐心，便笑吟吟地退開半步，道：「蓁蓁姑娘，昨夜我們都喝多了，多有得罪，是沈傲的不對，不過請蓁蓁姑娘放心，沈傲不是忘恩負義的人，從今日起，我要追求蓁蓁姑娘。」

「追求？」蓁蓁呢喃著沈傲的話，旋即明白了沈傲的意思，臉上生出些許緋紅，她的性格雖說文弱，可是閱人無數，那些討取「蒔花館」藝伎歡喜的公子哥，別看平時殷勤得很，等到滾上了床，第二天便如沒事一般地大搖大擺離去，藝伎、藝伎，但凡沾了個「伎」字，又有誰真正放在心上？男人們風流快活時和你濃情蜜意，可是真正到手了，誰又願意多看你一眼？

也正是如此，那些公子、相公，官紳士侯，蓁蓁一個都瞧不上，其中雖不乏風流瀟灑之輩，卻沒有一個是真誠的。

想到這些，蓁蓁壯起勇氣抬眸凝視，看著沈傲認真的模樣，那嘴角微微彎起，竟是對著她笑，她畢竟是女兒家，頓時有些慌了，心裏想：「他……他真的和別人不同嗎？不是刻意為了得到我的身體？」

有了這些疑問，蓁蓁的眼眶中淚水打著轉，她刻意讓自己堅強一些，甚至心裏在想：「自己既是命苦，做了這行，還能強求什麼？早晚都有今日，莫非還要一直冰清玉潔嗎？」

如今沈傲說出這番話，語氣真誠，讓她一時間生出些許的暖意，她畢竟還是少女心性，看多了才子佳人的故事，難免會有憧憬，眼前這個公子，相貌好，又精通鑑賞，學問自是不差的，至少，總比那些一擲千金的無知草包要強千倍萬倍。

她低聲哭泣起來，沈傲趁機靠過來。

有機可趁，他怎麼能放棄，一把將她攬住，另一隻手為她擦拭淚珠，口裏安慰道：「蓁蓁不要哭，你再哭，臉就不好看了，將來怎麼嫁得出去？」

蓁蓁抽泣道：「我這樣的身分，還談什麼嫁人，被哪個公子瞧上，能納做妾室，就已是心滿意足了。」

她暗自感懷身世，同樣是人，爲何有的是千金小姐，不需讀書，不需懂得詩詞和音律，就能做正室夫人，而自己縱然再有才情，卻又如何？將來還不是作妾，爲人驅使奴役？

沈傲板著臉道：「蓁蓁說的是什麼話，誰說你不能嫁出去的？不過事先說好，我這個人很吃醋的，你要嫁人，也只有嫁我，否則我吃起醋來，只好上山去做個好漢，帶著兄弟回來搶親了。」

蓁蓁被沈傲的胡說八道逗笑了，旋即想起沈傲竟攬著自己，很不適應的輕輕掙脫開，低聲道：「公子手無縛雞之力，也做得好漢嗎？」

沈傲被刺激了：「手無縛雞之力怎麼了？做個狗頭軍師總行吧！實在不行，我還認識個很厲害的小和尚，本公子拿兩根棒棒……不，糖葫蘆，收買了他來搶親也是行的。」

沈傲這樣一說，倒是突然覺得這個辦法很可行，小和尚很容易收買的，一根糖葫蘆，保準叫他乖乖就範，莫說是搶親，就是殺人放火，那也是一錘子買賣。

蓁蓁聞言，總算心緒好了一些，只是昨夜有些瘋狂，身子有些不適，便對沈傲道：

「沈公子坐，蓁蓁為你斟茶。」

沈傲點了點頭，打量了這閨閣一眼，有些凌亂，全是自己昨夜做的好事，還來不及收拾呢。

望著那絕美的蓁蓁，心裏不無得意地想：「哈，許多人求之不得的美人兒，竟被本公子一夜搞定了，好，再努把力，讓她對自己死心塌地。」

胡思亂想之間，那婢女環兒又在外頭探頭探腦，沈傲虎著臉道：「看什麼看，想做什麼？」

他對環兒的第一印象不好，是以態度自然顯得惡劣。

環兒畢竟是個尚未梳頭的小女孩，聽沈傲這一吼，頓時嚇住了，畏畏縮縮地走進來，低聲道：「小姐……，哦，公子……我，我是來……」

沈傲見她這副模樣，眼淚兒在眼眶打轉，頓時心軟了，便道：「以後不許偷窺別人的私事，懂不懂？出去。」

環兒一溜煙的跑了，蓁蓁斟茶過來，呢喃道：「公子為何要這樣對環兒，環兒人很好的，她……她是擔心我呢！」

沈傲虎著臉道：「嚇唬嚇唬她，小孩子要管教的。」

蓁蓁愁容微微舒展了一些，抿嘴輕笑道：「沈公子就是和別人有些不一樣。」她

話音剛落，覺得似乎有些不妥，又連忙局促地道：「奴家不是這個意思，奴家的意思是……」

沈傲打斷她：「不管蓁蓁什麼意思，這句話我笑納了，哈哈，不同才好，鶴立雞群是我最喜歡的。對了！方才那個鄭公子是什麼人？」

蓁蓁打量了沈傲一眼，心裏想：「他問鄭公子，莫非是吃醋了嗎？」想起方才沈傲說吃醋了要上山當好漢，她頓時抿嘴又笑了起來，心裏又對自己暗惱道：「這個時候還笑，真要被人看輕了，還以爲我沒有廉恥心呢！」

男人分爲兩種，一種是好色，一種是極度好色；女人也分兩種，一種是裝清純，一種是裝不清純；這倒也不是貶義，不管是裝純還是不裝純，矯揉造作，其實也不過是女爲悅己者容的心理罷了。

蓁蓁一下子又矜持起來，收斂笑容，隱隱覺得應該給沈傲留有一個好印象！

女人便是如此，一旦身體交給了別人，便忍不住的有了一種依附心理；再加上沈傲人並不壞，蓁蓁隱隱覺得，他雖然口舌油滑，其實人還是很正經的。

蓁蓁啓口道：「鄭公子嗎？鄭公子家境不是很好，但人很老實，好不容易憑著努力進了太學，一直很用心讀書呢！他時常來向我討教些詩詞，有時又來與我討教些鑑寶，說起來，他的眼力很好，鑑寶的能力只怕不在沈公子之下呢！」

沈傲聽蓁蓁說鄭詩的好話，頓時心裏有些發酸，鑑寶能力不在自己之下？哼，就憑他？沈傲眼眸一冷，家貧、太學、好讀書、鑑寶，這個人只怕不一般吧！

沈傲又隨即一笑，暫不去理會這件事，笑著喝了口茶，道：「你這樣一說，這個鄭公子倒像是對你沒有企圖似的；不行！本公子吃醋了，蓁蓁不要攔我，我這就上山去聯絡三山五嶽的好漢，去把這個鄭公子幹掉。」

這一下，蓁蓁忍住不笑了，惱怒地望了他一眼，道：「鄭公子身世和奴家一樣不好，也是苦命人，你就狠心去欺負他？」

看來那鄭公子在蓁蓁的心目中印象不錯，沈傲心裏的擔心更重，總是覺得這個鄭公子非同一般，隨即又失笑，搖了下腦袋道：「也罷，本公子大人大量，暫且放了他，不過下次他再來找你，我可要生氣的了。」

正說著，沈傲猛然想起此時已是天光大亮，糟糕，國子監只怕已經開課了，自己答應了祭酒大人開課前趕回的，沈傲忙道：「蓁蓁，我只怕現在就要走了，我是國子監裏請假出來的，若是再不回去，只怕祭酒、博士們要好好教訓我。」

蓁蓁一聽，才知道沈傲是個監生，頓時也爲他擔心起來，忙道：「是呵，我聽說國子監和太學的治學是最嚴的，你快走吧，莫要遲了。」

沈傲情急，一把去拉蓁蓁的手，蓁蓁反射動作的縮回去，嚇了一跳，口裏道：「沈

公子，你……」

拉不到手，沈傲好尷尬，都說一回生、二回熟，比這更令她害羞的事都做了，現在連牽個手反倒不行了，真悲劇！

不過，這個時候不宜久留，再三告辭，飛似的走了。

望著沈傲背影消失的門簾，蓁蓁頓時惆悵起來，坐在桌前，托著下巴，默默地想著心事。

這個男人，真不是自己從前想的那樣嗎？或許方才他所說的，也不過是情場的一句玩笑話罷了，出了這個門，就將它拋之腦後了吧！

蓁蓁想著，臉上頓時黯然失色起來，眼淚都流出來了，這時，門外傳來一個聲音：

「蓁蓁妹妹……」

「是師師姐姐！」蓁蓁抬眸，愁容隨即一散，連忙起身去迎。

不多時，那珠簾掀開，一個豐腴的美人兒便款款進來，美眸看了看蓁蓁，過來牽住蓁蓁的手，疼惜地道：「蓁蓁妹妹，你這是怎麼了？是不是有人欺負你了？我聽說昨夜你留人在閨房中宿了一夜，是不是？」

這美人兒和蓁蓁同屬絕色，只是蓁蓁纖弱，而這美人兒豐腴，一顰一笑之間，風情萬種，彷彿要把別人的魂兒都要勾掉一般。

蓁蓁淚眼婆娑地道：「我……我不知道，姐姐不要問好嗎？過幾日再和你說。」

美人兒看著蓁蓁這個樣子，心疼地將自己的憂心收起來，她比蓁蓁年歲大了一些，很通曉人情世故，便不再說了，隨即目光一閃，落在了牆壁上，眉眼兒一蕩，便是愕然地道：「這是誰作的畫？」

蓁蓁一看，一時竟是瞠目結舌，她方才情急，竟是沒有注意，這牆壁上，赤身半裸的人不就是自己？原來昨夜她睡著後，他趁機將她的睡態畫下來。

美人兒走近那壁畫，臉色不禁微微緋紅起來，不由地罵道：「觀其畫就能觀其人，作畫之人很不老實呢。」

可是繼續看下去，美人兒卻又驚嘆一聲，望著畫，口裏喃喃道：「這畫雖然不堪入目，可是畫風卻是極好，竟比官家畫的更有風韻。」

她提及「官家」兩個字，頓時也有些羞意，這話的意思好像是告訴蓁蓁，官家也曾畫過她的裸睡圖。只是此刻的蓁蓁恨不得立即尋條地縫鑽進去，哪裡聽得出姐姐的話外音。

方才她也只是草草看了畫，此時聽姐姐一說，才認真打量起來，這一看，便發現了畫的異樣，還有那下面提的小詩，那行書的風格竟是從未見過，沈傲年紀輕輕，筆力竟

達到了大宗師的地步。

只是那首淫詞太不堪入目了，尤其是那下角「沈傲到此一遊」幾個字，頓時讓蓁蓁滿面通紅，心裏說：「這人真是難測，明明有這樣好的才學，卻偏偏畫蛇添足，在後面加一句這樣的話。」

她的目光又落在畫上，牆壁上的自己，那種欲睡欲醒的樣子太傳神了，彷彿畫中之人隨時會走下牆壁一般，只是那身軀裸露，卻很讓蓁蓁難堪，她連忙低垂下頭，心情更加複雜了。

美人兒看到落款那「沈傲到此一遊」幾字，頓時撲哧笑了，媚態百生的回眸地望了蓁蓁一眼：「作畫的人一定是個浪蕩子，不過倒也有趣，應該是個大才子呢！只是衣冠楚楚的才子我見得多了，這樣厚臉皮的卻是第一次見，要畫就畫，爲何偏偏要畫在牆壁上，生怕別人不知道嗎？」

蓁蓁被姐姐的話逗笑了，心裏想：「沈公子確實是臉皮很厚呢！他的行書、作畫也是極好，只怕汴京城沒有幾個人能比得過，又精通品鑑古玩，真不知世上還有什麼他不會的。」

這樣一想，反而心裏隱隱生出些許期待，他還會來找她嗎？

美人兒見蓁蓁臉色有些發窘，心裏頓時明白了什麼，故意道：「過幾日就是鑑寶會了，蓁蓁，你不是愛看古玩嗎？官家也會去，到時候，帶你一道兒去瞧瞧熱鬧。」

蓁蓁抿著嘴，若是在往日，她一定雀躍起來，可是今日，卻總是提不起興致，勉強頷首道：「有勞姐姐費心了。」

沈傲走出蒔花館，才想起王相公的行書還沒有送出去，沈傲笑了笑，不急，送行書和借書一樣，都是談情說愛的出頭，既然今天沒送成，那麼下次再來送，一來二去，蓁蓁姑娘就要投懷送抱了。

他對自己很有信心，心裏又開始計算，再過三兩日就是鑑寶大會，蓁蓁這麼喜歡古玩，說不定是會去的，如果能在那裏遇見她，那就好極了。

回到國子監，早課都已經結束了，沈傲尷尬地跑去崇文閣見唐祭酒，進去一看，唐嚴正在那裏坐立不安地等著，見沈傲進來，頓時雙眸一亮，迎過來道：

「沈傲，你總算回來了，我還怕你出了什麼事了。」

沈傲很汗顏，原以爲唐祭酒會板著臉教訓他一頓，誰知卻是換來唐祭酒的擔憂。

唐嚴的擔憂不是空穴來風，沈傲告假未回，很是蹊蹺，一開始，唐嚴還只是想，是不是這孩子貪玩，遲一些也是常事；可是左等右等，日頭上了三竿，叫人幾次去集賢門問沈傲回來沒有，得到的答案都讓唐嚴失望，唐嚴便覺得事情嚴重，心裏不禁懷疑是不是太學在使什麼壞？成養性這個人不達目的誓不甘休的，會不會叫人將沈傲綁了去？

堂堂祭酒，怎麼可能去綁人，這種事，唐嚴原是不會相信的，可是沈傲對於他來說，不啻於翻身的法寶，再加上他也很喜歡沈傲這孩子，因而看得格外的重要。

有了這個想法，唐嚴就坐臥不安了，急得快要跳腳，卻又不知去哪裡尋人，竟是手足無措起來。

如今見沈傲回來，哪裡還有責怪的心思，心裏叫了一聲阿彌陀佛，上天保佑，心裏頭的陰霾一掃而光，心情便格外的好了。

沈傲向唐嚴告了罪，又聽了唐嚴幾句囑咐，這才急匆匆地跑去準備上午課，半個上午，猶如做夢一般。

第四四章

師父的大姨媽

趙紫蘅道：「怎麼？你師父怎麼了？他為什麼不方便？」

沈傲笑道：「每個月他都有幾天不方便的。」

沈傲隨口道：「我師父是沒有月事的，不過嘛，他的大姨媽來了，所以，你懂得。」

午課下來，沈傲昏昏欲睡，昨夜的激戰，讓他不禁有些疲憊。

周恆見博士走了，立即笑嘻嘻地湊過來，質問道：「表哥，昨夜你去哪裡了？怎麼沒找到你人？」

沈傲勉強打起精神，將周恆拉到一邊的角落，沉聲道：「有件事要你辦。」

周恆第一次聽說沈傲要他辦事，臉上頓時露出得色，這個表哥一向很聰明的，什麼難事落在他手裏，彷彿都能擺平，今日竟也有求他的時候！

周恆拍著胸脯道：「表哥只管說就是。」

沈傲道：「你認識的朋友多，去幫我查查太學裏是否有個叫鄭詩的人，查出他的底細來。」

周恆喃喃道：「鄭詩？表哥查個太學生做什麼？你昨夜不會是去了青樓，恰好和他爭風吃醋吧？」

居然被他猜對了，沈傲心虛地笑了笑，隨即故意地板著臉道：「絕沒有的事，你表哥爲人清清白白，你不要胡思亂想！之所以查他，只不過要證明一件事。」

周恆是個喜歡追根問底的人，不由自主地問：「證明什麼事？」

沈傲也不瞞他，道：「這個鄭詩，我懷疑他根本不是太學生，是個騙子。」

周恆瞪著表哥，表哥怎麼神神秘秘的，好奇怪，人家是不是騙子，和他有什麼干係？哇，莫非表哥被人騙了？哈哈，他也有今日，還是本公子聰明，誰也騙不倒我。

周恆似笑非笑地道：「好，我這就去打聽，保證給表哥尋出答案來。」

正準備離開，周恆又想到一件事，又道：「表哥，我的書，你能不能還我？」

沈傲負著手，虎著臉道：「你太壞了，到了這個時候還想著A書？好吧，就在我的床底下，到時候你自己去拿。」

反正沈傲對那書是已經倒背如流了，就還給周恆吧！這傢伙看他的A書，沈傲泡他的美人兒。

若說國子監的消息靈通人士，只怕非周恆莫屬了，幾經輾轉打聽，竟真打聽出來了消息。

當天夜裏，沈傲正要睡了，周恆來叩門，神神秘秘地拉開一條門縫兒鑽進來，低聲道：「表哥，太學裏果真有個叫鄭詩的。」

周恆道：「這人是江陵府人，年紀約莫三十上下，說話時有些結結巴巴，據說平時他和人並不接觸，在太學中也沒幾個朋友……」

周恆說了一籮筐，所描繪的鄭詩，與沈傲所見的鄭詩完全不同。年過三十的書生變成了風流倜儻的少年？說話結結巴巴的人變成了口舌伶俐之徒？

沈傲微微一笑，道：「只有這個鄭詩？」

周恆賭咒發誓道：「我已問過了，太學裏只有這一個鄭詩，若是有第二個，我周恆全家闔府上下……」

沈傲衝過去，一把捂住他的嘴巴，這傢伙太口沒遮攔了，拿闔府上下來賭咒？汗，死光光嗎？沈傲可是他的表哥，也算是周府的人，這傢伙咒了全家不算，連沈傲都給貼了進去。

「好了，好了，我相信你。」將堵住周恆口的手放開，沈傲轉動了會兒手腕，頓時得意地笑了笑，道：「看來我是沒有猜錯了。」

周恆道：「表哥沒有猜錯什麼？」

沈傲抬眸，笑道：「那個鄭詩是騙子。」

周恆摸不清頭腦，問道：「鄭詩是騙子？打死我都不信，那人說話結結巴巴的，能騙得了誰？」

沈傲搖頭：「此鄭詩非彼鄭詩也。」

從一開始，沈傲就產生了懷疑，那個鄭詩來路太可疑了，他既是太學生，卻翻牆出來與蓁蓁相會？按道理，這原本可以證明他對蓁蓁的癡心，可是，太學的院牆高大，豈是他一個手無縛雞之力的書生說爬就能爬得出來的？

聽蓁蓁與他的對話，那人已經爬出來許多次，以太學的學風，又豈會容忍這樣的太學生存在？

這只是疑竇的開始，尋常人自然不會對這些小小的紕漏產生懷疑，沈傲不過是出於職業的敏感，從而生出了第一個懷疑；有了第一個懷疑，以沈傲的細心，要發現破綻就簡單了。

那鄭詩說過幾日要與程輝等人踏青，沈傲聽在耳裏，卻忍不住笑了，作為同窗，一道兒去踏青本無不可，可是他卻忘了，旬休日剛過，等到下次旬休可不只幾日功夫。以程輝的為人，是不可能蹺課去踏青的，有這兩個疑竇，足以沈傲產生懷疑了。

細節，重要的是細節，這人機關算盡，偏偏在細微的枝節上出了差錯。若遇到的不是沈傲，倒也罷了，尋常人也不會起疑，畢竟人性本是如此，誰也不會去在意一些尋常的話。

分析得差不多了，唯一的疑問就在於這小賊的目標。小賊既要佈局，就必有所圖，接近蓁蓁，目的到底是什麼呢？

沈傲清楚，自己所碰到的這個對手並不簡單，經驗很豐富，蓁蓁是什麼人？「蒔花館」名妓，這樣的人要讓她對之一見傾心，除非要有超高的心理分析能力；這種能力就好像沈傲第一眼去看姨母，就能得出姨母的性格、喜好，再根據其喜好作出判斷，讓姨

母對他生出親近之感！

要接近並且贏得蓁蓁的好感，對於藝術大盜來說其實很簡單，正如鄭詩所做的那樣，只需仔細觀察，便可看出蓁蓁的喜好，分析出她對事物的評價標準。

蓁蓁若是喜歡貧家公子，他就變成家貧潦倒的太學生。蓁蓁不喜歡那些風流放蕩的書生，他就呆若木雞，貌似忠良。蓁蓁不喜愛甜言蜜語，他就多去說一些溫馨平淡的話。只是，這個鄭詩接近蓁蓁，到底抱有什麼目的？

單純為了女色？沈傲覺得不止這麼簡單，唯一的可能就是蓁蓁的古玩，蓁蓁收藏的古玩不少，只要俘獲了蓁蓁的心，那麼這個小賊要將它們全部詐取來，豈不是如探囊取物？

沈傲伸了個懶腰，看來自己所面對的敵人可不簡單呢！這個人的水準，只怕說他跨入大盜的行列也不為過，計畫縝密，佈局清晰，兼之有極強的洞察力，憑這些，就足以成為沈傲的對手。

「敢在太歲頭上動土？」沈傲輕笑，眼眸中閃過一絲輕蔑之色，喃喃道：「那你就死定了。」

忙活了一天，沈傲已經疲倦到了極點，擦洗了臉，倒榻便睡。

等到第二日昏昏沉沉的醒來，一隻柔荑彷彿扯住了他的耳朵，輕輕一擰，沈傲頓時警覺，如鷂子翻身，一下子翻起，手的力道也不輕，猛地去推對方的身體。雙手用力一送，卻是推在一團軟肉上，暖暖的，很舒服。

「哎喲……」一聲，便聽到一句低呼聲，一個身影被推倒在地。

沈傲一看，頓時冷汗直流，來人竟是那小郡主趙紫蘅，趙紫蘅眼中噙著淚水，一屁股坐在地上，痛得擰起了眉毛，銀牙都快要咬碎了。

好驚險，沈傲心裏一凜，自穿越以來，自己竟連職業本能都疏鬆了，有人進了屋子，他現在才發覺，若是現在進來的不是小郡主而是一個刺客，只怕自己已經死了。

搖搖腦袋，心裏苦笑地想：「或許是昨天太累了，這一睡，竟是死沉死沉的，咦，這小妮子是怎麼進來的？」

他正要質問，誰知小郡主惡人先告狀，依然坐在地上不願起來，怒視著沈傲道：「沈傲，你……你好大的膽子……」

她不但臀部火辣辣的痛，那含苞待放的酥胸被沈傲一推，此刻也有些脹得難受，只是這兩處羞人的地方雖然痛得她咬牙切齒，卻偏偏不能說出來，只好賴在地上，快要哭出來了，對沈傲叫罵著：「我被你摔疼了，你賠，你賠。」

沈傲被她蠻不講理的樣子逗笑了，堂堂一個郡主，溜進自己的臥房來，居然還能這麼理直氣壯，看來將來躋身汴京城無恥強人排行榜也是遲早的事，這是天賦啊。

沈傲自顧自地穿著外衫，不去理會她，今天一定要給她點厲害，否則按這小妮子神出鬼沒的性子，誰知道下一次她會出現在哪裡。

汗，好可怕，這好歹是沈傲的私人領地啊，她說來就來，簡直太過分了。

趙紫蘅見沈傲不理她，委屈極了，又痛又急地威逼道：

「沈傲，你要賠我，要賠你師父的畫給我，要三……不，要四幅才干休，你不賠我便不起來，我不依，不依！」

沈傲頓時無語，這是威脅嗎？自己居然被威脅了，好可怕啊！他打了個哈欠，微笑地垂著頭，居高臨下地看著這小公主耍賴的樣子，嘆了口氣道：

「這地板好像有十天半月沒有擦洗了，哎，老鼠、蟑螂什麼的真是可惡，竟把它當作了安樂窩，看來找個空，要好好地把屋子擦洗一下，消滅四害，人人有責……」

趙紫蘅在聽完沈傲的話後，眼睛立即瞪大了起來，哇哇的大叫，卻還坐在地上不起來。

趙紫蘅坐在地上，此刻已經渾身無力了，聽了蟑螂老鼠二字，渾身瑟瑟發抖，偏偏屁股很痛，又全身癱軟，甚至忘了要爬起來，只是驚恐地怪叫。

沈傲洋洋得意地抱著手欣賞著小郡主害怕的樣子，火候差不多了，才伸出手道：

「來，我拉你起來吧！」

沈傲的這句話猶如救命稻草，趙紫蘅沒有片刻猶豫，立即扯住沈傲的手腕，一分一毫也不敢放鬆，沈傲伸出的手讓她很有安全感，沈傲輕輕往後一拉，小郡主終於站了起來。

趙紫蘅站起來，總算定了定神，害怕地拍拍胸脯，怒視著沈傲道：「沈傲，你戲弄我，我要去告訴我父王……」

沈傲板著臉道：「現在就去，要不要我送小郡主一程，告我什麼？告我睡覺時被你驚醒，推了你一把？那別人會問，為什麼我睡覺時，你會出現在我床邊？你要怎麼解釋？」

趙紫蘅一下子洩氣了，但還是死鴨子嘴硬地找藉口：「我……我說……我說是你拉我進來的。」

天昏地暗啊，沈傲的感覺是烏雲遮住了太陽，整個世界被黑暗籠罩，正義得不到伸張，妖魔鬼怪橫行，否則，有這麼理直氣壯污蔑人的嗎？

沈傲嘆了口氣：「既然你這麼說，左右是個死，那麼乾脆我一不做二不休吧。」他獰笑一聲，繼續道：「牡丹花下死，做鬼也風流，雖說你小姐比不上牡丹花，沈傲就權當你是牡丹吧。」

趙紫蘅嚶嚶地苦起臉來，不爽地道：「我哪裡比不上牡丹了，哪裡比不上了？」

沈傲這無賴裝不下去了，遇到這個無俚頭的郡主，他明明要嚇嚇她，偏偏她卻糾結到牡丹那裏去。

這……這……汗顏啊。

看趙紫蘅如此在意，沈傲就不繼續跟她鬥了，道：「小姐其實還是堪比牡丹的，在我眼裏，小姐就是茉莉花，比牡丹少了雍容，多了一分玲瓏。」

沈傲說得很真摯。不真摯不行啊，萬一被這小妮子在這種事裏糾纏下去，沈傲非瘋了不可。

趙紫蘅眨著大眼睛，先是有幾分疑惑，隨即看沈傲很認真很動情的樣子，就相信了，惱怒地撇撇嘴：「我才不玲瓏呢，你不要胡說八道。」

雖是如此說，但被沈傲這個傢伙一誇，趙紫蘅的心裏還是很高興的。

沈傲心裏不由地想：「是啊，是啊，小妮子一點都不玲瓏，尤其是那酥胸，哇，和身材有點兒不成比例，應該用碩大來形容才是。」臉上卻還是保持風度地笑道：「不知小姐來找我，有什麼事呢?我還得趕著上早課呢！」

點到正事，趙紫蘅板著臉，小心翼翼地拿出一幅畫筒來，現在沈傲才注意到，她竟是背著畫筒來的。

趙紫蘅將畫交到沈傲手上，道：「把這幅畫交給你師父，知道了嗎？限你們師徒十日之內，把畫摹出來，看誰的畫更好！」

沈傲不去理會她，將畫攤在桌上，這幅畫仍舊是花鳥圖，這是一幅《縱鶴圖》，畫中的仙鶴或戲上林，或飲太液，翔鳳躍龍之形，擎露舞風之態，引吭唳天，並立而不爭，獨行而不倚，閒暇之格，清迥之姿，寓於縑素之上，各極其妙。

沈傲不是不識貨的人，這幅《縱鶴圖》可謂精妙無比，數隻仙鶴神態各異，迥然不同，栩栩如生。畫師的用筆幾乎細膩到了極致，這幅畫比之之前的《瑞鶴圖》，水準明顯地提高了不少。

沈傲吸了口氣，趙佶果然不愧是畫派宗師，領悟能力超凡，許多落筆的方法竟學到了沈傲的幾分優點，取長補短，這才是真正的勁敵。

能遇到這樣的對手，沈傲亦是興奮不已，連聲讚嘆道：「好畫，好畫……」

趙紫蘅嘟起嘴兒道：「不對，這幅畫雖是上乘佳作，不過我相信，你師父的畫會更好，你快去向你師父稟告，叫他趕快作出一幅畫來，將這幅畫比下去。」

沈傲皺起了眉頭，板著臉道：「我師父這些天不方便。」

鑑寶大會就要開始，沈傲要代表姨父參加，是一定要拿個好成績的，不能丟了姨父的面子，所以這幾日，他有空閒的時間還得要練習眼力，哪有時間去作畫？

趙紫蘅道：「怎麼？你師父怎麼了？他爲什麼不方便？」

沈傲笑道：「每個月他都有幾天不方便的，這種事跟你這種小孩子說做什麼！」

趙紫蘅很驚訝地脫口而出：「原來他……他的月事來了……」

沈傲頓時呆了，月事？哇，這小妮子莫非以爲男人也和她一樣有月事的？她不至於連這點生活常識都不懂吧？難怪她無法無天了，家教不好啊，連這個都不清楚，只怕對男女之間的分別也不甚清楚。

沈傲笑了笑，反正是損傷他的便宜師父，隨口道：「我師父是沒有月事的，不過嘛，他的大姨媽來了，所以，你懂得。」

趙紫蘅便嘟著嘴道：「大姨媽有作畫重要嗎？我姨媽來看我時，我也要抽空作畫的。」

沈傲神秘兮兮地道：「我師父的大姨媽跟你的不同的。」

趙紫蘅瞪大眼睛，看樣子，對這種八卦很是上心，道：「有什麼不同？」

沈傲抿抿嘴道：「不能說，我不能說，他是我師父，這種私房話不能外傳的，否則就是對他老人家不敬了。你不要問了，這件事和你說不清。哎呀！今天天氣真是不錯……」

沈傲走到窗邊去推開窗，望著萬里無雲的天空，伸了個懶腰：「一天之計在於晨，我要好好讀書，嗯，上課去了。」

趙紫蘅急了，連忙扯住沈傲的衣袖：「你說說看，我不會往外傳的。」

沈傲道：「你就算去幫我辦一件要緊的事，我也不會說的。」

趙紫蘅明白了，這是勒索，是要脅，她再不曉事，也能聽出沈傲的話外音，沈傲的話外音是：你去幫我辦兩件事我才肯說。

咬咬銀牙，似乎陳相公的八卦更重要，趙紫蘅挺著胸脯道：「我去爲你辦兩件事，你能不能說？」

「這個嘛……」

沈傲猶豫了，爲了自己而去編排自己的師父，似乎有那麼點不太講義氣；不過嘛，沈傲自我安慰起自己：「反正陳相公平時也不出門，再加上小郡主的人品還是信得過的，不會外傳，好，編排就編排，反正又不掉師父一塊肉，師父就當爲我的愛情事業添磚加瓦了。」

沈傲笑吟吟地道：「你先去把事做了。」

趙紫蘅不滿地嘟起嘴道：「好吧，什麼事。」

沈傲笑得很無恥地道：「很簡單的。」

「這也叫簡單？」趙紫蘅心裏不平的想著，手裏捧著一束玫瑰花，就這花還是沈傲教唆她回自己王府的花園裏偷來的。母妃最愛養些花草，那幾株玫瑰更是母妃的心肝寶貝，趙紫蘅心裏慌慌的，若是被母妃知道了此事，只怕要禁足她一個月了。

好在沒有被發現，趙紫蘅也不敢叫長隨、車夫，獨自從王府裏溜出來，走到半路，小郡主才發現走路雙足好痛，腳痠痠麻麻的，嗚嗚……好像磨破了一樣，抬不動腿了。

「這個死沈傲，壞沈傲，以後再也不信他的話了，小事，這是小事嗎？嗚嗚，尋株玫瑰花就心驚膽顫的，還要走這麼長的路。」

小郡主一邊抬著麻木的腿，一邊心裏暗罵，心裏卻又想：「他讓我送花兒去蒔花館給那個叫蓁蓁的做什麼？蓁蓁是誰？」

想到這個，小郡主的八卦天性又勾了起來，好，她正好去看看。

日上三竿才到了蒔花館，趙紫蘅一看，哇，這裏倒是清靜，埋首要進去。門口兩個門丁見一個小姑娘捧著一束花進來，頓時愣住了，他們在這裏當了這麼久的差，還沒有見哪個女兒家的往裏走呢！一時也下不定主意到底是攔還是不攔，那小姑娘已先一步走進去了。

「老李，這人，不會是來捉姦的吧？」其中一個門丁目瞪口呆地向另一個門丁詢問。

「只怕……」那門丁一時還沒有回過神，經人提醒，驚道：「是的，就是應該來捉姦的，快，快進去把她請出來。」

誰知二人剛剛進去，便看到這小姑娘將一束花放在桌上，叉著手朝著二樓的勾欄大喊：「蓁蓁姑娘，蓁蓁姑娘……」

一時間，二樓的勾欄邊探出許多個頭來，有個長得俏麗而嫵媚的姐兒向下一看，竟是個小姑娘，頓時捂著手絹兒笑了，口裏道：

「小姑娘，這裏可不是你該來的，只怕你是走錯了門吧？」

另一個顯得端莊一些的女子亦是笑嘻嘻地道：「這小姑娘只怕是來尋她爹的，誰看見她爹了嗎？」

眾人哄笑，其實這些藝伎在迎客時，一個個端莊淑女的模樣，平時也是愛打趣的，更何況，今日蒔花館裏的太陽只怕是從西邊出來了，竟是來了個姑娘呢！

趙紫薇是個不怕事的人，氣鼓鼓地叉著手道：「我要尋蓁蓁，蓁蓁在哪裡？」

蓁蓁姍姍來遲，從廂房裏款款出來，站在二樓看了趙紫薇一眼，這姑娘她是不認識的，帶著心裏的一絲疑竇，對著趙紫薇說道：「我便是蓁蓁！」

趙紫薇仰頭去看，這個蓁蓁還真是美極了，方才那些探出頭來的美女不少，可是與蓁蓁一比，頓時黯然失色。

趙紫蘅心裏有些不平衡了，心裏想：「她很美嗎？也不見得，母妃說美人兒都是狐狸精，顯然她就是狐狸精！」

趙紫蘅對蓁蓁沒了好印象，語氣不好地道：「我這裏有一束花要送你，你下來拿吧！」

蓁蓁疑惑地呢喃了一句：「花？一個姑娘家送我花做什麼？」雖滿腹疑問，還是徐徐往樓下走去。

蓁蓁下了樓，步向趙紫蘅。

趙紫蘅望著她，總覺得有些不舒服，這個女人臉上雖然很端莊，可是舉止投足間都有著妖豔的味道，尤其是那腰肢，每走一步便彷彿要搖曳起來似的。

哼！原來沈傲那小子是要討好她！

趙紫蘅頓時明白了，看向蓁蓁的眼眸有些敵意，也不知是爲什麼，只是覺得她身爲郡主，本應該萬眾矚目，所有人都應當寵著她，讓著她；偏偏那個沈傲，卻拿自己當跑腿的小廝使喚，爲的就是討取這個狐狸精的歡心，傷心死了！

見蓁蓁走過來，趙紫蘅努力地挺挺胸，其實她還是有些自卑的，和蓁蓁飽滿的胸脯相比，自己顯得青澀得多了，真失敗啊！

蓁蓁微微一笑，整個人彷彿多了幾分風情，低聲道：「姑娘，你是來賣花的嗎？」

氣死了，本郡主將最珍貴的花兒採來，賣你做什麼？

蓁蓁望著那束花，頓時眼眸中浮現出歡喜，輕輕一聞，清香撲鼻，頓時喜道：「這月季花，姑娘打算賣多少錢？」

在這個時代，後世的玫瑰就叫月季花，趙紫蘅看了眼手中那盛開得嬌豔的花，再看向蓁蓁，語氣不爽地道：「我不賣！是一個壞傢伙叫我來將花送給你的。」

「嗯？」蓁蓁頓時愣住了，送花？這倒是新鮮，這裏雖叫「蒔花館」，送姑娘禮物的公子也是絡繹不絕，有送胭脂的，有送古玩的，有留下字畫墨寶的……偏偏沒見人送過花來的。

其實女孩兒心性，都是喜愛美好事物的，這美麗的花兒卻恰恰是最中她們意的；蓁蓁欣喜地道：「不知這壞傢伙到底是誰？」

「你自己去看吧，花裏有他的名帖！」趙紫蘅氣呼呼地瞪了她一眼，旋身走了。

這裏她一刻都不願意多待，太氣人了，被沈傲耍了，原來……原來他將自己比作是茉莉花，卻是給人跑腿送花的。

身為穆王獨女，紫蘅集三千寵愛於一身，哪裡受得了別人比她更好，藏了一肚子的氣，氣呼呼地走了。

蓁蓁在畫中尋找名敕，二樓的姐妹紛紛下來，大清早叫個小姑娘送花來，而且這花兒新鮮欲滴，芳香撲鼻，太新奇了，紛紛說：

「蓁蓁妹妹，這是誰送來的花兒，呀，這花兒真香真好看。」

也有人癡癡地道：「若有人送這花兒給我，我便願意讓他做入幕之賓了。」

這話引得不少人笑了，有人便道：「送花的公子很有情趣呢！爲什麼這麼多公子哥，獨獨他想到了送花來呢！蓁蓁，快從實招來，這是哪個公子送的？」

蓁蓁只是輕輕一笑，心中隱隱期盼起一個人來，手在花叢中終於尋出一個名敕，一張巴掌大的紅紙兒，她一手摟著花，一手正要揭開去看，不料邊上的一個姐兒過來奪走名敕，口裏道：「讓我先瞧瞧看。」

眾人哄笑，紛紛道：「青青，快給我們讀來聽聽。」

蓁蓁滿臉嫣紅，卻又爲了證明自己並未有什麼私情，故意擺出大方的樣子，跟著道：「那就給大家讀來聽聽看。」

那個叫青青的藝伎展開名敕，從容掃過一眼後，卻是愣了，眾人在旁催促她，她才咯咯笑起來，學著那些風流公子吟詩的模樣道：

「親愛的蓁蓁……」

「呀……親愛的蓁蓁？嘻嘻，這是誰想到的詞兒，相親相愛的蓁蓁嗎？蓁蓁什麼時候尋了個相好了？」有人打趣著道。

蓁蓁頓時感覺到不妙，想把名敕搶回來，那青青連忙退後，口裏繼續讀道：

「你是春天枝頭上最絢麗的花朵，怎不令人愛慕？最掛念你的沈傲敬上。」

眾人反覆咀嚼這名敕中的話，這話通俗易懂，並沒有什麼文采，卻勝在直白，沒有隱晦，換句話說，太赤裸裸了。

蓁蓁頓時面容紅撲撲的，雖是時花館裏，可是這種直白赤裸的求愛詞被人念出來，太難爲情了，抱著花，立即上樓回房去。

許多人還在後面追著喊：「蓁蓁別走，沈傲是誰？」

蓁蓁進了廂房立即關上房門，撲哧撲哧喘了兩口氣，心裏七上八下，有些羞澀，還有點兒怦然心動，有些緊張又有點刺激。

在裏屋收拾打掃的環兒掀開珠簾過來，驚訝地道：「小姐，你怎麼了？」

蓁蓁抱著花，聞了聞，抿嘴不語，方才跑得太急，髮鬢有點兒蓬鬆，自額頭垂落下來，更增添了幾分妖嬈。

「沈公子的臉皮真是厚極了，這一次要被他害死了！」蓁蓁心裏想著，害羞的同時，又感覺有一種別樣的刺激。

雖然養尊處優，可是待在這蒔花館，蓁蓁幾無外出的機會，這種異樣的刺激感，讓她有些忐忑，總覺得自此之後，自己的人生似要發生改變。

門外有人敲門，卻是那個青青。青青在外道：「蓁蓁，快開門，沈傲到底是誰？你快從實招供，否則姐妹們不依的。」

蓁蓁心裏不由地念道：「就讓你們不依，就是不開門。」

環兒聽到沈傲兩個字，嚇得直咋舌尖兒，口裏喃喃道：「沈公子來了嗎？」

蓁蓁拴住了門，氣定神閒地走到裏屋去，對環兒輕笑道：「你怕什麼，他沒有來。」她仍摟著那一束月季花，花兒的清香在鼻尖盤繞，有一種淡淡的幸福感。

見多了那些抱有目的的公子賣弄風情，也看多了悲歡離合，沈傲那一句承諾，那一番似在說笑的話語，原以爲他只是隨口說說，出了「蒔花館」，便會將諾言拋之腦後，可是想不到他還記得她，他不止是要得到她的身體，那嬉皮笑臉的背後，竟真的將她放在了心上。

「環兒，後日就是鑑寶大會了嗎？」蓁蓁突然想到了什麼，向環兒問道。

環兒奇怪地道：「方才小姐還說後日要去鑑寶會呢，怎麼才一會兒功夫就忘了。」

蓁蓁掐著指頭，喃喃道：「後日，嗯，他或許也會在那裏，我見了他該怎麼說？哼，他這樣捉弄我，我到時候去了也不要理他。」

蓁蓁自言自語地說著，隨即又蹙眉，心裏想，若是不理他，他會不會生氣？

環兒心裏奇怪，這個他，莫非是沈公子嗎？啊呀，這可不妙，想到沈公子，環兒就如老鼠想到貓，害怕極了！

環兒抬眸，卻看到小姐一下子又抱著花兒坐到梳粧檯去照看銅鏡了；好奇怪，小姐今日是怎麼了，平時她也只是清早時才梳妝打扮的，怎麼現在又去裝扮了。

第四五章
一物降一物

「恆兒，聽說你也要參與鑑寶？」

周恆見了周正，便如老鼠見了貓，心驚膽戰地道：「是的，父親。」

沈傲看在眼裏，心裏就笑：

「果然是一物降一物，這天不怕地不怕的周少爺，如今卻是服服貼貼，真是難得一見。」

趙紫蘅出了蒔花館，眼淚都氣得快流出來了，沈傲太氣人了，以後再也不理他了；心裏這樣想著，便氣沖沖地回王府去，不再去找沈傲。

可是過了兩天，趙紫蘅又坐不住了，不行，不行！她明明已經答應了他，幫他辦事，他還未說出陳相公的大姨媽到底有多壞呢！

心裏又生出好奇，可是又拉不下臉皮，不過，她是小孩兒心性，氣了兩天，也就沒有這麼多怨氣了，咬著牙想：「不行，若是不去問個明白，豈不是要吃虧！他越是不理睬我，我就越要讓他頭痛，煩死他！」

這樣想著，趙紫蘅便去尋車夫要出門，剛到了王府門口要登車，卻看到三皇子逍遙自在地坐著涼轎過來。

趙紫蘅的心事，一直都藏在心底，是不敢和父王、母妃說的，唯有和三皇子趙楷卻最是親近，這時見了他，眼淚便再也耐不住地奪眶而出，故意別過臉去看府門前的石獅子。

三皇子趙楷遠遠一看，咦，今日紫蘅妹妹怎麼了？

下了涼轎，趙楷走到趙紫蘅的跟前道：「紫蘅……」

趙紫蘅哼了一聲，道：「殿下，你要爲我報仇。」

「報仇？」趙楷頓時愣住了，連忙問道：「是誰招惹你了。」

趙紫蘅便將沈傲的事源源本本說出來，為了證明沈傲的罪惡滔天，還振振有辭地道：

「上一次我去他的房裏，還看到了一樣很羞人的東西，他太壞了，一定夜夜都在翻閱那羞人的書。」

趙楷暗暗抹了一把冷汗，紫蘅太不曉事了，女孩兒家，這種事居然還能理直氣壯地說出來。

對了，她怎麼能隨意進一個男子的臥房？哎……慣壞了，慣壞了。

好在這句話不是說給旁人聽的，只怕要笑掉人的大牙，趙楷忍俊不禁，順著趙紫蘅的意道：「如此說來，這個沈傲太不像話了，堂堂郡主，他也敢欺負！好，找個機會教訓教訓他。」

趙紫蘅見三皇子幫自己，頓時氣焰大漲，道：「去把他捉起來，給他點顏色看看。」

趙楷又是大汗，連忙道：「這樣不行，這叫仗勢欺人，雖然沈傲是壞人，但是我們不能用壞人的辦法對付他。」

趙紫蘅急了：「那怎麼辦？他太壞了，我說話又說不過他。」

趙楷笑道：「我這一次來尋紫蘅妹妹，是請你一起去參加鑑寶會的。」

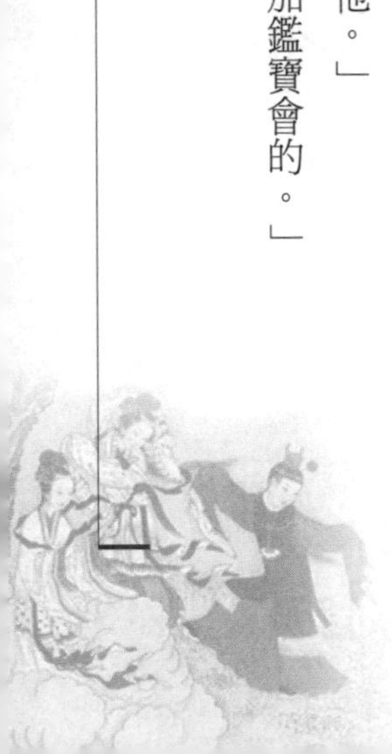

「鑑寶會?」趙紫蘅死命搖頭:「不去,我最討厭罈罈罐罐了。」

趙楷道:「據說有不少古畫呢。」

趙紫蘅聽到這個頗爲心動,卻依然提不起多大的興致,道:「古畫我都看膩了,有這空閒,我寧願去看陳相公的畫。」

趙楷沒有辦法,只好道:「據說,這一次那個叫沈傲的,也會和祈國公一道去,這次比賽,也算是汴京城一大盛事,就連父皇也微服去了呢!而且,這次還是皇兄親自主持的呢!你隨著我去,我們扮作另一副模樣,看沈傲在眾多鑑賞名家面前出糗,豈不是很好?」

趙紫蘅嘟了嘟嘴,道:「沈傲行書厲害,作詩也厲害,誰知道他鑑賞厲害不厲害,莫不要看不到他出糗,反倒又看到他那噁心的得意樣子。」

趙楷繼續勸道:「紫蘅不能這樣說,你想想看,沈傲畢竟只是個少年,他又會作詩,又會行書,畢生的經歷都花在了這上頭,還有空閒去管鑑賞嗎?我看他就是三腳貓的功夫,到時候肯定是要淘汰出局的。」

趙紫蘅心裏一想,覺得趙楷的話也有理,這個沈傲實在太可惡了,好極了,就該去看看他被人打敗的樣子,到時候自己還得站出來,拍掌叫好。

想到這裏,小郡主便道:「好,我們這便去鑑賞會,噢,對了,我該去換一身衣衫。」

趙楷笑道：「再過一個時辰，鑑寶會就要開始了，你莫要遲了。」

趙紫蘅怒道：「知道啦，知道啦。」說著，飛也似的衝進府去。

趙楷望著趙紫蘅的背影，搖搖頭，嘆氣喃喃道：「紫蘅近來是怎麼了？怎麼總是心神不定的。」

一大清早，沈傲和周恆一道兒去告假，今日是鑑寶會的日子，國公那邊已經派人和學堂裏打了招呼，因此唐嚴只是和沈傲說了會兒話，便准了假。

周恆今日興奮極了，大皇子親自主持鑑寶會，而他也準備作爲參賽選手參與比賽。

這場比賽關注的人不少，畢竟大皇子的號召力擺在那裏，因而街頭巷尾早已議論開了。只不過敢於參賽的鑑寶人實在不多，要參賽，必須先有人推舉，如祈國公周正推舉了沈傲。

而周恆也是個愛湊熱鬧的，對古玩倒也有些興致，從前手裏頭缺錢花的時候，總是偷偷從府裏順手拿點瓷瓶什麼的去賣，若是完全不懂價，那豈不是吃了大虧？

這些時日，隨著沈傲耳濡目染，眼力也見長了，這一次周恆厚著臉皮鼓足了勇氣，決心去試試運氣，拿下前三甲那是想都不敢想的，重在參與。

其實沈傲明白，周恆的心思是想討周正的歡心，也不知道這些時日是怎麼的，周正看他這個兒子總感覺有些不順眼，見了他竟是連笑容都是冷的。

周恆心知早晚大難臨頭，他這個老子對他的管教之嚴，那可是整個汴京城都知道的。因此周恆便想著父親愛好古玩，自己這些日子總算也摸了鑑賞的邊兒，若是能在鑑寶會中小露一手，或許能贏回父親的好感。

有了這個念頭，他便立即行動，這些日子隨沈傲惡補眼力，雖說鑑賞這東西需要長時間經驗的積累，可是畢竟有這麼個好師父教著，總算能連矇帶猜地糊弄過去。

周大少爺意氣風發，已經覺得自己可以挑戰鑑賞名家了，就偷偷去尋父親的好友曾文，滿口伯父什麼的叫得歡天喜地，其目的是希望曾文能舉薦他一個名額。他既然厚著臉皮出馬了，曾文也沒有不賣這個人情的道理，乾脆行了周恆的方便。

一路上，周大少爺的嘴自是不能停的，絮絮叨叨地說起這一次鑑寶大會的起因後果。原來這鑑寶大會的起因是皇長子趙恆的突發奇想，其實在這背後，也有那麼一點兒爭寵的因素。

趙恆雖是皇長子，可官家卻不怎麼看重，直至今日，趙恆空有長子之實，卻仍未授予太子之位。

官家是風流皇帝，喜行書、好作畫，對鑑賞亦很在行，這麼多兒子中，也只有皇三子趙楷繼承了他幾分本事，因而官家最喜愛的自然是趙楷了。

正因爲如此，地位尷尬的趙恆此時若是再不表現出一點兒喜好來吸引官家的注意，這太子之位早晚離他越來越遠，行書、作詩，他比不過皇三子，再如何努力也是徒然，最後，趙恆心頭一熱，便決心在鑑賞上做些文章。

沈傲一邊聽，一邊想：這和我有什麼干係，我只要大皇子給得起彩頭，就成了。只是不知蓁蓁會不會去？周若和春兒沒有來，已經很讓人傷心了。對了，還有那個鄭公子，鄭公子啊鄭公子，今日你最好不要撞到本公子手裏。

二人並肩到了皇長子趙恆的府邸，說是皇子府邸，可是比起國公府來，規模卻是顯得小多了，與各大王府相比，也顯得樸素；門口七八個門丁一字排開，幾個管事的太監穿著簇新的衣袍在外迎客。

周正的馬車恰恰駛過來，沈傲、周恆迎過去，周正下車隨即看見他們，微微一笑，先是對沈傲道：「這一次沈傲要爲我拔得頭籌，讓汴京人瞧瞧我家外甥的厲害。」

隨即目光又落在周恆身上，見他也來了，那眼眸中的厲色倒是緩和了許多。做爹的愛收藏古玩，兒子有些興致也是好的，便朝周恆道：

「恆兒，聽說你也要參與鑑寶？」

周恆見了周正，便如老鼠見了貓，心驚膽戰地道：「是的，父親。」

沈傲看在眼裏，心裏就笑：「果然是一物降一物，這天不怕地不怕的周少爺，如今卻是服服貼貼，真是難得一見。」

沈傲向周正道：「姨父，表弟雖說剛剛入行，進步得卻是很快，這一次參與鑑寶，倒不是要炫耀他的眼力，不過是尋個機會歷練罷了。」

周恆頷首點頭，笑道：「都隨我進去吧，看看你們的曾伯父是否已經到了。」

步入皇長子府邸，沈傲沿路所見，心裏爲趙恆惋惜，看來這趙恆還真是悲催得很啊。說他是太子，他又名不正言不順，不能入主東宮；可要說他不是太子，按照這大宋朝的規矩，該早已被封爲親王、郡王了，現在是左右不靠，既沒有東宮，也沒有王府，只能暫時在這大宅子裏容身。

由一個長隨引著進入正廳，許多人已經等候多時了，有許多認識周正的，紛紛站起來對著周正行禮，周正一一還禮，場面顯得頗爲熱鬧。

沈傲和周恆是小輩，自然是眼觀鼻鼻觀心，老老實實地站在周正的身邊，陪著笑臉。

過不多時，人越來越多，好在這大廳不小，倒是容得下這許多人，那僕役們端著茶盞穿梭其間，或爲客人斟茶，或遞上汗巾。

周恆神神秘秘地對沈傲道：「這一次來的高手不少，表哥小心了；你看那人，便是號稱『黃金瞳』的劉相公，你別小瞧了他，我父親曾說，這汴京城裏，他的眼力是最好的。」

沈傲感興致地微微一笑，順著周恆手指所指的方向望過去，那外號「黃金瞳」的劉相公長得很是消瘦，端坐在席上，正與一人垂頭細語，時不時抬眸去看外頭的天色，顯然已是等不及要一試鋒芒了。

沈傲冷哼了一聲，沉聲道：「黃金瞳？我今日叫他變成鬥雞眼。」

沈傲是最看不得別人取個名號到處顯擺的，真正的奇人異士，根本就不在乎這點虛名，這個劉先生，名利心太重。

不過……沈傲比那「黃金瞳」也好不到哪去，大哥不說二哥，罵「黃金瞳」名利心太重的同時，沈傲心裏又想：

「不太對頭啊，名利心重有什麼？這不正說明有上進心嗎？難道一定要做個隱士，才顯得淡泊？本公子還是擁有自己的上進心，讓那些裝酷的傢伙們低調去吧。」

周恆聽沈傲囂張的話語，哈哈大笑起來，一時大意，竟惹來不少目光，連同那周正的冷冽眸光掃過來，周恆頓時捂住嘴，不敢再發出聲音。

這廳堂之上還有一層閣樓，閣樓上的廂房裏小窗支開，不需探頭，便可一覽廳中全貌，這廂房中已備好了瓜果，茶點，大皇子趙恆正小心翼翼地站在一邊，在一張太師椅上，趙佶則慵懶地闔目養神。

在趙佶跟前，趙恆是大氣都不敢出，相比許多皇子來說，趙恆並沒有出彩的地方，就是相貌也不似趙佶那樣儒雅瀟灑，平庸至極；若不是仗著大皇子的身分，只怕趙佶連和他說話的工夫都不多。

越是如此，趙恆便越覺得如履薄冰，不敢有絲毫的懈怠，給趙佶斟了茶，笑著道：「父皇，這一次汴京城中的鑑寶大師都請來了，父皇只需作壁上觀，便有一場好戲可看。」

趙佶張目問道：「楷兒和紫蘅怎麼還未到？」

這一句話瞬間讓趙恆的臉僵了僵，隨即又恢復了唯唯諾諾的模樣，低聲道：「三弟和紫蘅妹妹就要來了，有他們陪著父皇在這兒看著，父皇的心裏頭也舒坦一些。」

趙佶微微一笑道：「這裏不必你伺候，你下去主持鑑賞會便是。」

趙恆連忙道：「時候還早著呢，再讓他們等等。」將斟好的茶恭送到趙佶身前，趙佶接過了，輕輕喝了一口，突然抬眸：「你泡茶的工夫倒是有了長進，這一手茶是跟誰學的？」

趙恆正要作答，便聽到有門房高聲唱喏：「鄆王殿下、清河郡主到。」

趙佶心情大好地笑了，將手中的茶盞放下，道：「快，去把他們接上來。」

趙恆也很是驚喜的樣子，道：「兒臣這就下去，好久不見三皇弟，真想和他敘敘兄弟之誼。」說著，便步出廂房。

過不多時，三皇子趙楷和清河郡主趙紫蘅二人一道兒進來，大廳內頓時肅靜起來。有幾個人與趙楷是認識的，過去對他行禮，趙楷只是微微笑著回敬；倒是他身邊的趙紫蘅，滿臉苦大仇深的模樣，眼睛一掃，便看到沈傲，扯著身邊的皇三哥給自己壯膽，走到沈傲面前，怒目道：

「快說，你師父的大姨媽到底怎麼個可怕法？」

原本二人是打算化作其他身分來的，誰知趙紫蘅卻突然改變了主意，她就是要讓沈傲知道她也來了！

全場譁然！師父的大姨媽很可怕嗎？許多人都弄不明白，一雙雙眼睛望向沈傲，不少人心裏想：「此人莫不是得罪了清河郡主？若是如此，這人只怕要完了，清河郡主甚得官家寵愛，得罪了她，可不是好玩的。」

沈傲哈哈一笑，道：「我師父見了他大姨媽，便會失血，足足流個三五日才能止住，你說他大姨媽可怕不可怕？」

趙紫蘅頓時驚住了，道：「還有這樣的事！陳相公的大姨媽會法術嗎？」

沈傲不再理她，望向趙楷呵呵笑道：「殿下，請恕沈某放肆，不知我們是否在哪裡見過？」

趙楷正要笑著作答，眼睛一瞥紫蘅，只見她怒目望向自己，那友善的客套話頓時吞進肚子裏去了，抿著嘴搖搖頭，意思是說他和沈傲並沒有見過。

趙紫蘅冷哼一聲笑道：「沈傲，這一次你死定了，你精通書畫，就一定不擅長鑑寶，我是來看你出醜的，誰教你輕視我，要我爲你跑腿。」

她倒是夠直爽，讓那些側耳旁聽的人聽了個目瞪口呆。沈傲笑著道：「你怎麼知道我不擅長鑑寶？」

趙紫蘅便道：「你不要裝了，這是三皇子殿下說的，他的話你總該信吧？」

我信你才有鬼，沈傲心裏暗罵，再看那趙楷，只見趙楷搖頭苦笑，碰上這麼個不懂人情世故的妹妹，看上去壓力大的很。

不多時，趙恆走下樓，迎向皇三子趙楷與清河郡主，親暱地靠近趙楷的手，低聲說了些話，又朝趙紫蘅點頭；趙紫蘅抿了抿嘴，似是並不太喜歡這個大皇子，趙楷倒是與趙恆顯得很親近，說著，趙恆便引著二人上了樓。

廳內又恢復了平靜，周恆在邊上充滿了怨念，望著小郡主的背影，落寞地道：

「哎……多好的一朵花兒，不知將來要插到哪坨牛糞上了！」他是自認追求郡主無望了，心裏發酸得很。

沈傲正色地看著周恆，糾正他道：「周恆表弟，你怎麼能這樣侮辱未來的清河駙馬，用心也太惡毒了，人家是牛糞嗎？是牛糞嗎？」

周恆撇了撇嘴，委屈著不再說話。

來人越來越多，曾歲安與幾個朋友也來了，笑嘻嘻地與沈傲、周恆打招呼。

接著又有門丁唱喏：「禮部尚書楊真、太學祭酒成養性、國子監祭酒唐嚴到。」

正說著，禮部三巨頭一道兒進來，這一下更是熱鬧，今日有不少告假來參賽觀戰的監生、太學生，頓時紛紛湧過去，兩撥人竟是曲徑分明，比如國公、曾文去向唐嚴問好，也有不少大官去招呼成養性的。

至於年輕的，更是一個個局促不安地去向二人執師禮。

沈傲、周恆、曾歲安等人也都過去，皆向唐嚴行了禮。

沈傲微笑著道：「大人怎麼也來了？」

唐嚴是最看重沈傲的，也回以笑容道：「如此盛會，又有楊大人相邀，自然要來的，沈傲，聽說你也要參加鑑寶？」

其實唐嚴並不喜愛鑑賞，只是聽說成養性偷偷安排了不少太學生來，還親自來給他們打氣，心裏頭就不爽了；這個成養性好奸詐啊，只怕爲了這鑑賞會已經做好了充足的準備，今日是要指使太學生出出風頭，把上一次的面子尋回來。

這樣一想，他哪裡能不來？不但要來，而且絕不能讓太學壓國子監一頭；宮裏頭已經傳出消息，說是官家極有可能微服來觀戰，所以，這一次只能贏，不能輸。

他準備得很倉促，幾乎是空手來的，舉目望去，廳裏的太學生倒是有八九個，心裏一鬆，國子監雖然學問上比太學要低那麼一點，可是論鑑賞，只怕卻要高他們一頭。監生都是官員子弟，這些人見寶物的機會也多，再加上追隨父輩耳濡目染，大多數都是有些眼力的；而太學大多是窮書生，別說鑑賞，只怕那價值千金的古玩連摸都沒有摸過，就算再有天分，經驗上也略顯不足。

唐嚴總算篤定了，看來不至於完全處於被動。

沈傲對著唐嚴繼續笑道：「大人能來觀戰，我們監生的動力就足了。」

沈傲很明白這個中央校長的心思，這傢伙最近和成養性不太對盤，之所以前來，是給監生們鼓勁的，輸人不輸陣，國子監不能在鑑寶會裏落於太學生的下風。

唐嚴更加高興地笑起來，按住沈傲的肩膀拍了拍以示鼓勵，隨即目光落在周正身上，朝周正微微欠身：「公爺，你這個外甥前途無量啊。」

周正捋鬚微微一笑道：「承蒙唐大人美言。」

周正心裏卻是非常高興而自豪的，沈傲是他的外甥，也算半個兒子，能得到國子監祭酒的誇獎，臉上有光啊。

恰在這時，一個大皇子府的管事太監對著眾人道：「請諸位大人、老爺們到二樓高坐。」

一些不準備參與鑑寶的權柄人物，紛紛上樓，成養性還依依不捨地拉著幾個太學生低聲耳語什麼，最後才匆匆地上了二樓。

這些人上了二樓的廂房，一看，官家竟然也在這裏，先是一愣，紛紛準備行禮；卻見趙佶笑著朝他們擺手：「諸位大人各支開身前的小窗觀戰吧，禮就免了，沒有看到朕今日是微服嗎？」

眾人唯唯諾諾，各搬了小凳子，支開窗戶，去看廳裏的風景。

這廂房幾乎是為了觀戰特製的一般，從這裏看下去，竟是一覽無遺，能將廳中的動靜看得一清二楚；還有些身分較低的官員、富戶，自然是沒有座位的，只能站在公爺、侯爺、大人們後頭，翹首從餘縫裏看。

唐嚴和成養性二人恰好連坐在一起，兩個人如今算是反目成仇了，心裏都很重視這次鑑寶會的比試，這種感覺不亞於上一次初試。

這一次鑑寶，可是官家坐鎮的，誰好誰壞，官家能看個一清二楚；再說了，官家也是個愛鑑賞的人，若是有太學生或監生大放異彩，國子監或太學與有榮焉。

成養性今日倒是作出一副很篤定的樣子，微微笑著捋鬚，口裏徐徐道：「今日來的監生可不少啊，唐大人想必是勝券在握了吧。」

成養性雖是這樣說，可是面容中卻顯出些許譏諷之色，這一對老友，如今梁子已經是越結越大，連迴旋的餘地都沒有了。

成養性話音剛落，有不少太學出身的官員紛紛微微笑起來，要聽唐嚴這傢伙怎麼應對。

唐嚴呵呵一笑，道：「成大人應當是早有準備了，唐某怎麼敢有勝券。」這句話的意思是，你也太不厚道了，居然不動聲色地暗中準備，他唐嚴不是這個圈子裏的人，反應遲鈍了一些，就算敗了，那也是被你偷襲之故。

太學出身的官員們紛紛皺眉，唐嚴的話太刺耳，好像是太學勝了，也不是因爲太學鑑賞之士多，而是因爲準備得當之故。

其中一個大人終於忍不住地道：「唐大人這是什麼話，如此盛會，太學自該參與的，莫非準備一二也不行嗎？」

唐嚴一看，他是認識這人的，是太學出身的一個工部主事；他這句話，有點是把話挑明的意思，要把火藥桶點燃起來，正想諷刺他幾句，身邊落座的一個人卻冷笑道：

「這樣說，好似太學已經奪了鑑賞會的頭籌一樣，勝負還未揭曉，太學莫非以為已經贏了嗎？」

這人捋著鬚，悠然的看著廳裏的動靜，冷笑連連，在京兆府裏公幹的，想來也是從國子監裏出身的官員。

唐嚴便緩緩笑道：「這話說得沒錯，勝負未分，說這麼多有什麼用，我們作壁上觀，等到勝負揭曉再顯耀不遲。」

畢竟官家在這裏，成養性也不想鬧得太僵，也是笑著道：「拭目以待吧。」

皇長子先到趙佶那裏請示了一句，便下樓去主持鑑寶。

這碩大的廂房裏頓時安靜下來，翹首以盼。

趙恆想不到今日如此熱鬧，汴京城中的達官顯貴都來了，就是父皇也親自來觀戰，心裏略有些激動；他平庸了半輩子，還真未受過這樣的矚目，吸了口氣，開始朗聲對廳中的鑑師說話，開場白無非是當今吾皇聖明，百姓安居樂業云云，話鋒一轉，朝那管事的太監使了個眼色，便有許多僕役托著許多蒙著紅蓋的古玩進來，之後宣布鑑寶會開始。

沈傲與周恆、曾歲安連坐在一起，幾個監生也紛紛往這邊聚坐；在另一邊，那穿著

太學生儒衫的十幾個太學生不懷好意地朝沈傲望來，冷笑連連。

其實從一開始，當這些太學生得知了沈傲的身分，看他的眼眸便炙熱起來，沈傲這個人甚至這個名字，對於整個太學本身就是奇恥大辱，奪了初試第一，之後又教官家題字羞辱太學在後，哪個太學生若是能夠勝他一籌，絕對可以稱得上是太學中的英雄。

這些人心中紛紛想：「這個沈傲據說行書極好，這是自己比不上的，作詩詞只怕也不是他的對手；可是論鑑賞，不信這姓沈的還能這麼厲害。」

一定要好好教訓沈傲，讓沈傲知道太學生也不是好欺的！

皇長子的話音剛落，還未有人宣布比賽的規矩，其中一個太學生已搖著扇子站起來，他生得平庸，可是身上的衣衫倒是價格不菲，一看便是富家公子，篤定地笑了笑，目光最後落在沈傲身上：「兄台就是沈傲？」

眾人一看，哇，這麼快就有人找梁子了，這算不算借鑑寶會公報私仇？好，有熱鬧看了。

第四六章

初生之犢不怕唬

成養性意有所指地道：「唐大人，國子監果然藏龍臥虎，竟有以一敵二的人才。」

唐嚴其實也是擔心的，若是沈傲尋一個人出來比試，也許能為國子監挽回一些面子；可是以一敵三？

哎……真是初生牛犢不怕虎啊！

沈傲不動聲色地笑了笑，心裏卻是在暗罵起來，比賽還沒有開始就來挑釁，有你這麼性急的嗎？

不過，沈傲臉上還是帶著笑容道：「沒錯，我就是沈傲。」

這公子文質彬彬地收攏扇子朝沈傲行了個禮，臉上卻看不出半點恭敬，冷笑道：「在下王之臣，據聞沈公子詩畫雙絕，早想請教，只是不知沈公子可會鑑寶嗎？」

那上首的皇長子臉色頓時黑了，比賽的規矩是他制定的，到時候拿出寶物來，每人發一張紙、一枝筆，讓他們將擺上去的古玩來歷寫在紙上，然後再將猜錯來歷的鑑師淘汰下去。

誰知這些人太不懂規矩了！還未開始，就已經有人要尋人單挑了！

「無理太甚！」趙恆心裏罵了一句，正要叫人把這搗亂的太學生轟下去。

誰知這個念頭剛剛閃過，立即又有個太學生站起來，挑釁地看著沈傲道：「沈公子盛名之下，一定是不敢和王兄比試的，若說詩書，學生自認王兄不是沈公子的對手，可是說到鑑賞，哈哈……」接著大笑，後面的話就不說了，擺明了是幫襯著王之臣逼沈傲出手。

此人這麼一說，那些太學生紛紛放肆大笑起來，好像這一次鑑寶會，他們已經勝劵在握似的。

沈傲從容不迫地看著這幾個挑釁的太學生，微微一笑，卻並不打算理會。

這些人，根本不值得他動怒，他的情緒越是有波動，就越會容易被他們牽著鼻子走。這些人明顯是來找麻煩的，或者說是想趁機揚名的。

沈傲知道，自己已成了眾人熱議的人物，這些人紛紛向自己挑戰，一來是爲太學、國子監之爭，二來是希望在鑑賞上打敗自己，從而能一舉成名罷了。他偏不如他們的願！

「怎麼？沈兄不敢來嗎？」先前說話的王之臣看著沈傲冷笑一聲，他出身錢塘豪門，家中雖然沒有官員，家境卻是極殷實；再加上自小對古玩有興趣，從而練就了一雙慧眼，這個沈傲之前趁機侮辱了太學，今日他來的主要目的，就是尋沈傲挑戰的。

更何況，祭酒成大人已經暗示過，只要他們能在鑑寶會技壓監生一頭，就是過分一些也無不可。

此時，他見沈傲並不搭理，以爲沈傲怕了，更是張狂地笑道：

「盛名之下，原來竟是個懦夫！哈，看來這國子監，當真是無人了。」

他搖著扇子顯得格外得意，回眸望了身後的夥伴一眼，打了個哈哈道：「如此看來，這鑑寶會真是無趣極了……」

沈傲繼續保持著從容，輕描淡寫地道：「本公子從來不和阿貓阿狗過手的，令王兄

失望，實在抱歉得很。」

這麼明顯的言下之意，王之臣怎麼聽不出來，王之臣怒道：「沈兄這麼說，是看不起我王之臣嗎？」

沈傲一臉真摯地看著王之臣，笑容可掬地道：「王兄有令沈某人看得起的地方嗎？」

王之臣冷冷地看著根本不將他放在眼裏的沈傲，搖著扇子嘲諷地道：「和你打嘴仗有什麼意思，王某只知道，這國子監當真是人才凋零，本公子想比試個鑑賞，也無人敢奉陪，哈哈……」

這一句出口，頓時讓在場的監生們大怒，曾歲安終於忍耐不住地站起來，臉上卻帶著爾雅的笑意道：「王兄如此說，曾某人少不得要和王兄比一比了。」

王之臣看了曾歲安一眼，便問：「你是誰？」

曾歲安道：「在下也曾是監生，如今考了個小功名，正等著吏部授官外放，你叫我曾公子即是。」

王之臣將扇子合攏，笑道：「好極了，曾兄既敢來自取其辱，我也由得你；只是既是要比，總要有個彩頭是不是？不如這樣吧，若是誰輸了，便在這大堂之上，叫一聲『國子監是個好學堂』如何？」

王之臣倒是聰明，沈傲不是用皇帝的題字來羞辱太學嗎？這叫以其人之道還治其人之身。

曾歲安不以爲然地道：「曾某悉聽尊便。」

王之臣便對那端著古玩的侍者道：「隨便撿一樣古玩來。」

二樓的廂房裏，趙佶微笑著，不徐不慢地喝著茶，眼角一掃，餘光落在唐嚴、成養性二人身上。

唐嚴恰好與官家的日光相對，心下一凜，連忙到趙佶的身側去，低聲道：「官家，監生們不懂事……」

趙佶搖搖頭道：「少年就該如此，你不必惶恐，好好看熱鬧吧！」

「是。」唐嚴又小心翼翼地回到落座上，他心裏頗有些忐忑的，官家就在這裏看著，曾公子一定要爭氣啊，若是輸了，這可大大不妙了。

趙佶招來一個內侍，吩咐道：「去把大皇子叫上來吧，就說不必再在下面主持了，依朕看，這樣的比試之法，好得很。」

過不多時，在眾目睽睽之下，一個侍者各托著一件古玩到了曾歲安和王之臣之間，將紅蓋一掀，一個瓷壺便展現在二人眼前。

所有人都屏息不動，就等二人誰先鑑出這瓷壺的來歷。

曾歲安一看這瓷壺，目光便凝重起來，仔細地打量了它的質地、工藝，心裏便在想：

「這瓷壺工藝應當並不久遠，最多不過是兩晉時的產物，只是這瓷壺的花紋粗糙，莫不是仿品的吧?只怕也未必，西晉朝初期，百廢待興，就是皇帝也一切從簡，車輦大多都以牛車爲主，流傳下來的精細古玩少之極少，莫非……」

他俯下身子，認真的去看那瓷壺的紋路，紋路上的斑駁之處極多，已經有些看不清了，只粗略可以看到些許的白底青色的染料。曾歲安一時難以決斷，竟是一下子癡了。

正在他聚精會神的時候，王之臣卻搖著紙扇，得意洋洋地道：「這羊首壺倒是仿得不錯，可惜了，可惜了。」接著一副很是惋惜的樣子似的搖著頭。

邊上便有人問道：「王公子何以見得它是仿品?」

王之臣手指著那壺蓋道：

「諸位請看，這壺蓋的底部染了一層青栗，羊首壺只在兩晉時才開始流行，而這壺表面的紋路，絕無前唐開放之風，反而有一種飄逸之感，也唯有兩晉時期，這種紋路最爲常見。可是諸位想一想，兩晉時，壺的內壁會染上青栗嗎?」

許多人頓時恍然大悟，有人道：「王公子說得不錯，晉人尚白，上至王公，下至走卒，都以飾白爲榮，這內壁明明是白色，爲什麼還要花費這麼大的工夫去將它染上青栗？」

「就是這個道理，所以本公子以爲，這羊首壺必是僞作。」王之臣得意地笑了，這時的樣子看起來更是胸有成竹。

只一個細微處，再根據所讀的古籍知識，便可以分出某樣東西的真假，以曾歲安的實力，若是多給他些時間，他一樣可以尋出這個破綻；可惜的是，王之臣速度太快了，既是比試，慢了一分即是輸，人家既已說出它是仿品，除非你能證明它是真品，否則只有認輸的份兒。

曾歲安臉色先是一紅，隨即又變得蒼白起來，沮喪地道：「王兄，曾某輸了。」

王之臣冷笑道：「那麼就請曾公子信守諾言吧。」

曾歲安更是大窘，鼓足了氣，那句話卻如何也出不了口，太學生們紛紛催促，這個道：「曾公子快喊，我等洗耳恭聽。」

另一個道：「曾公子怎麼比女人還要害羞，不就是一句話嗎？莫非還說不出口？」

太學生們不斷地在奚落，監生們卻是怒了，一個監生站出來道：

「讓我來會會王兄，若是我輸了，曾公子那句話我來替他喊，可我若是贏了，又該如何？」

王之臣輕蔑一笑，道：「不知閣下是誰？」

監生正色道：「在下梁成。」

王之臣笑道：「好極了，若是你輸了，便要將方才那句話喊兩遍，可若是我輸了，便兩相抵消，如何？」

梁成道：「可以！」

王之臣笑著頷首點頭道：「既然你們監生不怕死，王某只有繼續奉陪了。」口氣顯得無比囂張。

身邊一個太學生道：「且慢。」這人徐徐站起來，對王之臣道：「王兄既已過了癮，就讓我來教訓教訓這不知天高地厚的梁公子吧。」

這人也穿著錦衣，想必家中也是很殷實的，一張臉長得頗爲端正，只是那雙眼睛細了一些，破壞了面相，他嘿嘿一笑，朝梁成道：「梁公子，在下周仲斌，我們現在開始吧！」

又叫侍者拿了古玩來，紅蓋揭開，這一次的古玩是個鑲金白玉鐲，玉鐲用三段弧長相等的白玉銜接而成，銜接處鑲金質獸首，用金質活栓鉸連，抽出後，玉鐲可自由開合，製作十分的精巧。

梁成正要細看，那叫周仲斌的太學生卻已哈哈笑起來：「這白玉鐲確實精巧得很，可惜也是僞作。」

眾人驚疑不定，紛紛望向周仲斌，此人若是真說對了，眼力只怕還在王之臣之上，只掃過一眼，便能看出破綻，這樣的能力，已經可以用神奇來形容了。

只有沈傲，卻只是含著笑，彷彿對眼前的事漠不關心。

周仲斌微微笑道：「既是白玉鐲，這白玉就已經是假的了，白玉又稱軟玉、和田玉，質地細膩緊密，且韌性極好，具油脂光澤；只是這白玉鐲上的白玉雖然用料上沒有錯，可古時開採的白玉大多雜質較多，哪裡會有如今這樣光滑細膩，仿製者千算萬算，竟是沒有料到這一點，在選材上就已出了錯，其他各處就算再用心，也是白費了一番功夫。」

周仲斌拿起白玉鐲給眾人細看，看了的人紛紛點頭，周仲斌確實沒有說錯！

梁成暫態臉色大變，還未等他認輸，又有一個監生站出來；到了這個份上，所有監生都懷著同仇敵愾的心理，他們想不到，這幾個太學生竟如此厲害，國子監連輸了兩陣，若是再不扳回敗局，往後就不必出去見人了。

倒是周恆的心思不知什麼時候細膩起來，看著沈傲心神不屬，低聲道：「表哥，你今日是怎麼了？」

沈傲抿抿嘴，道：「我在等人。」

周恆疑惑地道：「等人？莫非會有美人兒來嗎？哇，表哥，你到底有什麼內幕？」

沈傲白了他一眼，道：「我在等那個姓鄭的來。」

周恆頓時想起來了，表哥曾叫他去打聽一個姓鄭的太學生，好像叫什麼鄭詩，不是已經打聽出這姓鄭的身分是假的嗎？爲什麼還要等他？這個問題讓周恆一時摸不著頭腦。

這個時候，場中太學生和監生的比試已經越來越激烈，雙方走馬換燈似的自告奮勇出場，只是結果卻令人出乎意料，連續賽了七場，監生們竟是輸了七場；這些太學生，尤其以周仲斌、王之臣還有一個叫桓空的人最爲突出，眼力極好，一下子便將監生們打了個落花流水。

二樓的廂房裏，成養性已經捋鬚直笑起來，這幾個太學生，都是他從數千學生中挑選出來的佼佼者，尤其是周仲斌、王之臣二人，這二人家中，本就是一個開著古玩店鋪、一個開著當鋪的，自小便跟著長輩去分辨古玩，早已練出了常人難以企及的眼力，憑這些公子哥似的業餘監生，哪裡是他們的對手！

而唐嚴的心卻是沉了下去，連戰連敗，竟是連輸七場，這不但丟人，而且是丟大人了；將來這件事傳出去，只怕又會成爲笑談，國子監好不容易挽回了些許聲勢，只怕今日要徹底葬送了。

「早知如此，今日還是不來的好！哎，真是顏面喪盡，可羞可恥……」唐嚴的心頭冒出了這個念頭，見成養性故意瞥過來看自己，真恨不得尋一個地縫鑽進去。

其他的看客也有人興高采烈，有人沮喪失顏，在場之人，大多不是國子監便是太學出身，太學的官員見後起之秀們連戰連捷，自然是喜不可遏。而國子監的官員一看，哇，輸得太慘了，竟連招架之力都沒有，頓時黯然不語。

趙佶只微微一笑，將三皇子叫到身邊，低聲道：「朕乏了，哎，原以為是一場龍爭虎鬥，現在看來，卻是貓戲老鼠，無趣，無趣，你和紫蘅隨朕擺駕回宮吧！」

趙楷笑道：「父皇何不多看一會，或許會有轉機也不一定！」

趙佶抿了抿嘴，似在猶豫。

這個時候，樓下的廳堂裏的太學生個個欣喜若狂，他們從未這麼痛快過，一個個猛逼那落敗的監生們實現承諾，整個場面竟是亂哄哄的，一點規矩都沒有了。

而監生們恰恰相反，個個黯然低頭，一時之間，竟是手足無措。平時這些人都是被人奉承慣了的，如今卻被太學生們踩得死死的，比又比不過，退又無路可退。

王之臣站出來故意地冷聲笑道：「這鑑寶會上，國子監也敢和太學鬥，就憑幾個三腳貓嗎？哈哈，諸位兄台還是願賭服輸吧！」

曾歲安想要反駁，卻不知說什麼好，恰在這個時候，身邊傳來一陣微嘆，只聽沈傲苦笑道：

「三腳貓嗎？願賭服輸是自然的，不過嘛，王兄是否忘了，『金剛無敵小郎君』沈傲還未出場呢！」

沈傲豁然站起來，方才他需要整理一下思路，不過此刻，他的腦海已經空明起來，國子監與沈傲一榮俱榮，如今被人欺負到這個份上，他沒有不挺身而出的道理。

輕蔑地掃了這幾個太學生一眼，沈傲指著王之臣道：「你……」手指的方向又落在周仲斌身上道：「你……」最後指向恆空道：「還有你。你們三個，一塊上！」

沈傲話音剛落，廳中頓時肅靜下來，針落有聲。

一挑三，這個沈公子，竟要和三個太學鑑寶高手對決！

這樣的自信，這樣的狂妄，非但將王之臣、恆空、周仲斌三人惹怒了，更讓所有的賓客驚得一時回不過神來。

反倒是監生們隱隱有些擔心，沈傲在國子監雖然名聲很大，可是並沒有人聽說過他會鑑寶，更何況是一人單挑三個高手？

二樓的廂房裏，正覺得無趣的趙佶突然變得精神抖擻起來，闔著眼遠眺沈傲，興味地道：

「有點意思了，這個沈傲倒是狂妄得很，朕倒想看看，他是否有真能耐。」

趙紫蘅不以爲然地道：「沈傲就會吹牛，他一定會輸的。」

趙佶笑道：「何以見得？」

趙紫蘅沒有半點遲疑地道：「二皇子殿下說的。」

趙楷頓時汗顏！

另一邊的成養性嘲弄一笑，捋鬚道：「沈傲他是瘋了嗎？他是早有準備，還是只是空口說大話？」

成養性隱隱有些擔心，不過隨即又釋然了，一個後生少年，要對付三個鑑寶高手？想贏？絕無可能！自己還有什麼好擔心的？

瞥了身側的唐嚴一眼，意有所指地道：「唐大人，國子監果然藏龍臥虎，竟有以一敵三的人才。」

唐嚴咀嚼著成養性的話，心裏不由地想：「哼，他這根本就是在譏諷沈傲的不知好歹！」

唐嚴其實也是擔心的，若是沈傲尋一個人出來比試，他或許還生出希望，也許這樣，沈傲是能爲國子監挽回一些面子的，可是以一敵三？

哎……真是初生牛犢不怕虎啊！

曾歲安輕輕地扯了扯沈傲的袖襬，低聲道：「沈公子……」他是想好心提醒沈傲，叫他要小心的，可是剛剛喚到沈傲的名字，沈傲便先將他的話打斷了。

沈傲從容地對面露擔憂之色的曾歲安道：「曾公子放心，對付這三個黃毛小子，我還是綽綽有餘的，別說是他們三個，就是這裏的太學生一起上來我也不怕；只不過嘛……」

沈傲搖了搖頭，似笑非笑地掃了那些太學生一眼，然後才道：「太學生中，也只有這三個還算得上初窺鑑寶的門徑，至於其他人，再多也只是擺設。」

這一句話算是狂傲到極點了，立即有不滿沈傲的太學生叫罵道：「好大的口氣，哼，看你狂到幾時，就怕你要輸個徹底！」

沈傲不理他，對著旁側的侍者道：「拿古玩來！」

王之臣、恆空、周仲斌三人相視一笑，既然沈傲口出狂言要和他們三人一起比，他們沒有拒絕的道理，他們今天來就是要讓沈傲一敗塗地的！

王之臣看著沈傲冷笑道：「沈兄莫要後悔了！」

沈傲頭微微抬高一些，用倨傲的眼色看著王之臣，道：「我這人從來不知道什麼叫後悔，還要向王兄賜教了！」

周仲斌瞪了沈傲一眼，道：「待會兒你便會知道了！」

說著，在眾人的注目之下，有內侍托著古玩來，揭開紅蓋，是一幅行書，小心翼翼地將這古色古香的行書展開，內侍便退到了一邊。

周仲斌恨透了沈傲，一心要給沈傲難堪，立即俯身去看行書，只看這行書上的落款寫著《薦季直表》四字，周仲斌倒吸了口涼氣，《薦季直表》？

這可是不可多見的寶物，《薦季直表》的作者乃是鍾繇，鍾繇的行書與王羲之媲美，尤其是小楷，據說便是鍾繇首創出來的字體。而《薦季直表》更是鍾繇不可多得的一幅巔峰之作，據說當年還被前唐的宮廷收藏，眼前的這幅《薦季直表》倒是不知是真是假。

周仲斌繼續細看，這王之臣和恆空也湊過來，開始去看行書的條幅、邊角，希冀找出破綻。

沈傲微微一笑，道：「不用看了，這鍾繇的行書是假的。」

監生們的精神一振，沈傲只微微掃過一眼，就能斷定出這行書的真偽？除了震驚之外，許多人自然是難以相信。

周仲斌抬眸冷笑道：「不知沈兄因何原故說它是假的？」

沈傲的鑑定速度也太快了，周仲斌心裏根本不信，就算是再厲害的鑑寶大家，也絕

不可能有這麼快的速度。

沈傲自信滿滿地道：

「僞作行書，分高明和低劣兩種，一種是神僞，既尋找原作的意境，採用原作者的筆法，直接書寫。這種僞造方法很難得，需要僞造者有極高的藝術造詣。不過嘛，這幅行書明顯是用低劣的填充僞作法製造而出的，作僞者先用紙或細筆雙勾描下線條輪廓。隨即在空心中填墨；這種僞作乍看還有些相似，可若是有心人，只需看一看，便會發現整幅作品氣韻滯鈍，筆鋒呆板無神，墨色缺少濃淡，有的僞作雖然先描後臨，但終因心虛筆怯，難免其神韻不足，只要細察即能看出破綻。你們看看這行書中的著墨，是否發現這行書的著墨不均？再仔細看這行書的神韻，哈哈……就這樣的低劣臨摹之作，也配得上鍾繇那種大小錯落有致，空靈灑脫的感覺嗎？太呆滯了。」

僞作書畫是沈傲吃飯的傢伙，若說鑑定別的古玩倒也罷了，遇到了古畫，以沈傲的水準，只需輕輕掃一眼，分出真假也不過是轉瞬之間的事，根本不必費多少功夫。

周仲斌聽罷，立即去看行書中的著墨，這一看，臉色頓然地變了，果然如沈傲所說，這幅僞作真的是用填充法著墨的；尋常人鑑行書，大多先從紙張開始，因爲紙張其實是最難作僞的，畢竟經過了數百年，紙張很容易發舊，甚至破損；而這三個太學生高手不約而同地都選擇了先從這裏入手。

誰知沈傲更厲害，只看行書，便能感受到它的神韻，直接辨出真偽。

看客們紛紛譁然，沈傲這一手實在太絕了，須知瞥眼只是匆匆而過的事，就算是懂行的書法大家，要鑑定古行書的真偽，至少也需一些時間，沈傲倒是好，略略一看，答案就揭曉了。

其實他們不知道的是，沈傲所知的偽造古董方法至少有上百種，經手偽造的行書更是數以百計；偽造得多了，便對各種方法製造出來的效果瞭若指掌，若是連同行的偽作都看不出來，哪裡還能混下去，早就另謀生路了！

王之臣不服輸地道：「據聞沈公子的書法極好，王某佩服得很。」

王之臣的這句話意思再明白不過，沈傲這一次只不過是投機取巧罷了，他的行書這麼厲害，要辨明行書的真偽自然比別人要高明得多。所以，他們不服。

不服？沈傲專治的就是不服，治療不服，最好的辦法就是徹底地擊潰他們的自信，讓他們無地自容！要玩？他沈傲奉陪到底！

沈傲不在意地微笑道：「王兄說得不錯，那麼我們繼續鑑賞便是，這一次，就當作熱身好了，我們繼續來。」

他倒是大方，不過這種大度，倒像是強者對弱者的施捨！

沈傲搖著扇子坐下，全然不將他們三人放在眼裏，故意地抬頭望向房梁！

汗，大皇子就是大皇子，廳堂的房梁竟都是用上好的紫杉木滾了紅漆加起來的，可惜，可惜，這麼好的木料……有點兒走神了，不能驕傲！要矜持！先把這三個討厭的傢伙踩死再考慮木料的問題！

這時，又有侍者端來一樣古玩，這次是一個瓷瓶，這瓷瓶樣式倒是不錯，也不知是不是保養得好的緣故，竟看不出太多的古意。

王之臣三人又聚精會神地去看，沈傲也不敢怠慢，認真端詳起來。

這瓷瓶的工藝倒是不錯，胎骨較厚，胎色稍深，呈深灰色；釉層厚而均勻，呈青灰色。沈傲立即認定，這應當是兩晉時期的工藝，因爲在此之前的兩漢三國時期，瓷器的製造工藝較爲簡陋，是絕不可能製造出這樣的瓷瓶的。

再看這瓷瓶上的紋理，沈傲幾乎可以斷定這應當是西晉時期越窯的古物了，越窯的紋理一向有自身的特點，而這種特點是其他瓷窯所不具備的。

至於瓷瓶的真僞，沈傲已經瞭然於胸，笑道：「西晉越窯的瓷瓶果然耐用，歷經數百年，竟還未有流釉或釉層剝落，真難得啊！」

看客們又是大吃一驚，還是只用須臾的工夫，片刻之間，這個沈傲就已斷定了這瓷瓶的真僞和來歷，其速度之快，出乎所有人的意料之外。

王之臣三人頓然收回神來，其實他們也曾懷疑這是西晉時期的瓷瓶，只是一時難以斷定真僞，而且也正在從細節中尋找這瓷瓶到底是哪個窯裏燒出來的；此刻見沈傲已經將它的來歷脫口而出，三人皆是大驚失色，方才的自信，一下子給打擊得無影無蹤。

他們還是不甘心，繼續看了看瓷瓶，有了沈傲方才的指點，他們的鑑定速度也快了不少，王之臣先是直起腰來，深望了沈傲一眼，頗有些苦澀地道：

「沈兄果然獨具慧眼，這一次，沈兄贏了。」

沈傲冷笑道：「你們可是服氣了嗎？」

王之臣尚在猶豫，周仲斌搶先道：「這一次是你幸運罷了，我們爲什麼要服氣？」

他是死鴨子嘴硬，就是不甘心，總想著找回機會擊敗沈傲。

沈傲大笑道：「好，來，把那些古玩全部拿來，今日就教你們開開眼界，直到你們服氣爲止。」

看客們不知沈傲到底又要故弄什麼玄虛，只是此刻看向沈傲的眼神，自此有些不同了。這個沈傲到底有多少本事，行書據說堪稱宗師，初試是國子監、太學兩院第一，如今又會鑑寶，這樣的本領，常人只要精通一樣，就已十分了不起了，偏偏沈傲卻樣樣精通！

只是……看客們眼見侍者將許多古玩端了過去，心裏想，這個沈傲是要做什麼？

七八樣古玩被侍者端了上來，放置在沈傲身前的桌案上。

沈傲微微一笑，揭開第一樣古玩的紅布看，這是一個以獸爲蓋的彩陶，工藝看起來較爲粗糙。

沈傲將彩陶舉起，對著王之臣問道：「請問王兄，這彩陶出自哪裡，是真作還是僞作？」

王之臣的額頭頓然滲出冷汗，隨即道：「一時情急，如何分辨？」

沈傲大笑道：「怎麼就分辨不出？這明明是先秦的彩陶，你看這釉層，雖不均勻，卻有曠達之美；先秦時的古物大多以實用爲主，而這彩陶恰是達到了實用主義的巔峰。」

沈傲一不小心說漏了嘴，將實用主義說了出來。

王之臣一時間默默無語，沈傲已將那彩陶塞到他的身前，道：「王兄若是不信，大可以細細地看，我若是說錯了，任由王兄處置。」

王之臣遲疑地接過彩陶，表面上雖然已經恢復了從容的樣子，但心裏的震撼可想而知，須知鑑寶並不簡單，需要看它材質，看它的工藝，看它的特點，看它的破綻，將這些資訊揉搓到了一起，融匯起來，再根據古籍的知識分辨出它的年代、產地；而這些，都是需要花費時間的，他鑑定的古玩不少，因此熟能生巧，鑑定的能力也還過得去，可是和沈傲一比，卻是差得遠了。

沈傲冷笑一聲，又揭開另一件古玩上的紅蓋，這是一塊玉器，沈傲將玉器放在手裏掂了掂，把玩了幾下，隨即又笑道：

「此玉玉質老舊、手感沉重、外表柔滑、沁色自然、刀工俐落、包漿滋潤。當是真品了，看它的紋理、色澤、工藝，倒是有商周時期單純、突出的風格；諸位請看，這雙勾隱起的陽線裝飾細部極爲精緻，若我猜得不錯，這應當是東周時期的諸侯玉。」

第四七章

英雄出少年

沈傲如數家珍，輕描淡寫的連續拿起幾樣古玩，一件件的說出它們的來歷。

那樣子看起來，沈傲倒像是學堂的博士，囂張至極。

唐嚴也忍不住站起來，擊掌道：

「好，好，英雄出少年，英雄出少年啊！哈哈……」

「諸侯玉？」

眾人聽罷，震驚之餘，又有些大惑不解，在座之人對古玩多少有些見識的，可是「諸侯玉」這個名稱卻是聞所未聞。

沈傲將古玉放下，他對古玉的鑑賞，主要參考的是漢朝一個無名官員寫的《辨玉考》這本書冊，這本古書對先秦時期的玉器寫得極爲詳盡，甚至是工藝、鍛造、由來都有大篇幅的描寫。

不過嘛……宋人是不可能看到這本書的，因爲這本書還未流傳，就已經連同著者下葬了，直到兩千年之後，才被盜墓賊發覺，從而重見天日。

古籍出土之後，盜寶賊並不懂行，幾乎是以令人髮指的價格銷了贓，最終，輾轉到了沈傲的手裏。

沈傲視若珍寶，有了這本古籍，再加上他本身對古玉的熟知，鑑別先秦時期的古玉幾乎是手到擒來。

沈傲見眾人滿是疑惑，哈哈一笑，道：

「所謂諸侯玉，便是當時東周末期，王室勢微，而各方諸侯狼子野心，紛紛效仿東周王室，享用本不該屬於他們爵位所能享用的器物；如這塊玉，陽線清晰，按周禮，只有天子才能佩戴這樣的玉器；可是偏偏這塊古玉卻又與王室的玉器不同，有著很明顯的吳越工藝風格。」

沈傲頓了一下，繼續道：「那麼唯有一點可能，那就是這塊玉本身就是以王室玉器爲樣本進行仿製的，佩戴它的人應當是吳越地區的諸侯，他們只是諸侯，可是已經野心勃勃，不再滿足諸侯的待遇，開始傚仿天子，所以這塊玉的工藝應該屬於王玉，卻又不是真正的王玉，因此，先秦兩漢時期的鑑寶人便稱呼它們爲諸侯玉。」

每一件古董的背後，都暗藏著一個故事，或喜或悲；而這塊玉，通過撫摩，用心品味，彷彿可以感受到東周時期軟弱王室的無奈哀嘆，和各地諸侯胸中熊熊燃起的勃勃野心。孔夫子所說的禮崩樂壞，恰恰就可以通過這塊古玉來得以印證。

眾人恍然大悟，不無癡醉其中，恍然回神後，有人忍不住高聲道：「今日見了沈公子，才知道鑑寶的樂趣所在，沈公子大才。」

沈傲抿抿嘴，朝王之臣等人笑道：「怎麼樣，還要不要繼續比下去？這下你們可是心服口服了？」

王之臣三人皆是愣住了，面對這樣的對手，壓力太大；方才在沈傲面前還張狂得不可一世，可是現在再看沈傲，只看著他笑吟吟地站著，卻彷彿從他身上感受到了無窮的氣勢。

三人土著臉，抿嘴不語，其實從心理上，他們已經徹底地失去了自信，服輸了。只是這些話怎麼能當眾說得出口，只能這樣的僵著，臉色皆是又青又紅。

沈傲氣焰不減地笑道：「看你們還是不服了，好吧……」他撿起一樣古玩，向他們三人問道：「這是什麼？是贗品還是真跡？答得出來嗎？既然你們答不出，那麼我就來說了。」

他頓了頓，泰然自得地道：「這是兩晉時期的牙雕，宮廷之物，看這花紋和雕功，再看底座的紋飾，若我猜得沒錯，收藏這牙雕的，應當是個王侯……」

在所有人的欽慕之中，沈傲如數家珍，輕描淡寫的連續拿起幾樣古玩，一件件的說出它們的來歷。

二樓的包廂裏也是轟動起來了，趙佶豁然站起來，現出激動之色，連連道：「這個少年好厲害。沈傲，哈哈，真是深不可測，又令人嘆爲觀止。」

小郡主也一時呆了，遠遠看著沈傲瀟灑自若的樣子，對面的三個太學鑑寶高手卻是一個個垂頭喪氣，竟是連眼都不敢抬起，完全如鬥敗的公雞。那樣子看起來，沈傲倒像是學堂的博士，在學堂裏揮斥八極，囂張至極。

唐嚴也忍不住站起來，擊掌道：「好，好，英雄出少年，英雄出少年啊！哈哈……」

太痛快了，唐嚴憋了一口氣，如今總算一下子吐出來了；太爽了，方才這三個太學生狂妄之極，將監生打了個落花流水，唐嚴心中惴惴不安，一股濃重的陰霾壓在心頭，竟是吐不出來，吞不下去，如鯁在喉。

可是沈傲一人單挑三人，竟打得他們連還手之力也沒有，談笑之間，便扭轉了時局，方才還是國子監黯淡無光，可是現在，太學已是一敗塗地。

唐嚴不禁想：「好一個沈傲，哈哈，老夫能得你一人，就足以吐氣揚眉了；哼，這個成養性，竟敢陰老夫一把，現在看看他如何得意？」

唐嚴笑吟吟地望向成養性，成養性一臉的鐵青，心中後悔不已，早知如此，當初就不該婉拒國公的推舉，如今白白便宜了國子監，白白便宜了唐嚴。

曾文也是讚賞地微笑著，先是朝周正道：「公爺，你這外甥真是後生可畏啊！」

曾文這話頗有打趣的意味，沈傲年紀輕輕，就已達到了這樣的境界，他們玩了半輩子的古玩，比起沈傲來還真該無地自容了。

周正板著臉道：「曾兄言過了，沈傲這個孩子，才情是有的，卻年少輕狂了一些，曾兄不必誇他，別滋養了他的傲氣。」

周正說出這番話，倒是用了苦心的，木秀於林，風必摧之，沈傲今日揚名，必然會遭人嫉恨，給他降降火是爲他好。

曾文豈能不明白周正的意思，立即正色道：「公爺說得不錯。」便不再說話了。

廳中的沈傲將最後一件古玩放下，咄咄逼人地盯著王之臣三人，步步緊逼，幾乎就要觸及他們最後的心理防線。

哼，你們不是很囂張嗎？不是自我覺得很了不起嗎？今日就讓你們知道什麼才叫囂張！

沈傲心中想著，冷笑連連，他做人的原則就是這樣，要嘛忍氣吞聲，可是一旦站出來，就絕對不會輕易甘休，他們既然伸臉過來，沈傲沒有不打的道理，非但要打，而且要窮追猛打。

他嘆了口氣，嘲諷地道：「太學果然是個好學校，三位的臉皮之厚，當真是前無古人後無來者，都到了這個份上了，還不認輸嗎？」

這一句話惡毒極了，許多太學生瞬即色變，可是偏偏又作聲不得；面對這樣強大的對手，誰還會白癡到站出來和他繼續比試？那不就等於是自取其辱嗎？

王之臣期期艾艾地想了想，心頭鼓足了勇氣，沮喪地朝沈傲拱了拱手，道：「王某服了，沈公子大才。」

有了王之臣先開口，其餘二人也都一一向沈傲認輸。

沈傲哈哈一笑，倨傲地問道：「是你們認輸，還是太學認輸？」他冷然一笑：「方才你們是怎麼說的，國子監無人是嗎？現在我倒要看看，太學還有沒有人站出來？有嗎？有嗎？」連續問了幾遍。

這一句話囂張極了，玩囂張，太學生還嫩了一點，沈傲搖著紙扇子，目光咄咄逼人，在人群中逡巡，那表情彷彿是在說：哪個人有種來跟老子單挑？

全場頓時鴉雀無聲。

沈傲這樣做，正是他心機深重的地方；踩了幾個太學生，必然會遭到太學的仇視；太學屹立百年，根基龐大，朝野之中的權勢者數不勝數，今天欺負了他們，異日說不定走在大街上要被人蓋布袋打黑棍呢。

沈傲怕挨打啊，攻他不怕，就怕哪個腦子充血的太學憤青要跟他武鬥。所以，最好的辦法，就是把與太學生的鬥爭放大到挑戰整個太學去，反正人都得罪了，不在乎多得罪一些。

而對太學挑戰，沈傲所做的，意義就完全不同了，因爲他代表的是整個國子監，挑戰太學的同時，國子監在冥冥之中，已經與沈傲站在同一陣線了。

有了國子監在自己的身後撐腰，一切都不同了，太學厲害，國子監難道不厲害嗎？太學敢動他，國子監絕不會袖手旁觀的。

沈傲的話音剛落，廳中傳來一道冷笑聲，接著便見一人徐徐地站起來，道：「好狂

妄的小子，鄙人倒要見識見識你的鑑賞功夫。」說罷，捋鬚走過來。

沈傲微微一笑：「敢問閣下是誰？」

這人笑道：「工部侍郎鄧文昌。」

工部侍郎？這可相當於副部長級別的高官了，看來太學是小的不行，實在沒有辦法，老頭子們便站出來壓壓陣。

這算不算是以大欺小？不過，是大欺小還是小欺大，還說不準呢。

沈傲朝鄧文昌拱拱手道：「學生見過鄧大人。」

狂妄歸狂妄，敬老是必須的，這是傳統美德；否則外頭傳揚出去，說的還是祈國公府家教不好呢。

鄧文昌虎著臉道：「禮就免了吧，你方才說太學無人，今日老夫就要和你比一比，如何？」

鄧文昌已從太學肄業二十餘年，早已養成了雲淡風輕的性子，若不是沈傲方才的話太狂，也斷不會挺身而出。這事關著太學的名節，鄧文昌雖已高居工部侍郎之職，可是有一樣卻是不容否認的，他出身太學，太學被人欺了，鄧文昌也要遭人小看。

沈傲直起身子搖扇道：「大人既要比，學生哪裡敢拒絕，為示學生對大人的尊敬，不如學生先讓鄧大人鑑賞吧。」

鄧文昌也是極好古玩的，玩了半輩子，在同僚中也略有薄名，因而才有膽識站出來，此時聽沈傲說要相讓，心裏頓時怒了，這小子是看不起自己嗎？哼，好，今日倒要見識見識這個不知天高地厚的小子的厲害。

鄧文昌在官場裏摸打滾爬，既然站出來，自然不會像年輕人那樣氣沖沖地去撞槍口的，踩地雷的活也輪不到他去做；既然向沈傲挑戰，他也自然有幾分把握，微微一笑，一副樂呵呵的樣子道：

「沈公子不必客氣，不過我們既然要比，何不換一種更有意思的方法？」

鄧文昌頓了一下，道：「老夫今天正好帶來了一樣寶物，請沈公子看看，若是沈公子能猜出它的來歷，老夫便認輸，如何？」

他堆起笑臉，倒是一副很忠厚的樣子。

人不奸詐枉老年，若是連這點腹黑都沒有，這麼多歲數豈不是活到狗身上了？鄧文昌心裏不無洋洋得意地想：「老夫折節下士，還怕這個小子不入甕嗎？到時候我拿出寶物來，保準要讓他爲難。」

沈傲心下一凜，這是要玩陰的了，怡然一笑，這一轉眼間，也變成了很忠厚的樣子，很熱誠地道：「不知大人帶來的是什麼寶物？」

看客們見鄧文昌一臉篤定，不少人都暗暗爲沈傲擔心，也有一些與太學有干係的，

心中卻是一喜，想看看鄧文昌所說的寶物，到底是什麼。

鄧文昌不徐不慢地往袖子裏一掏，便摸出一塊玉來，微微一笑道：「請沈公子品鑑。」

眾人一看，心中頓時大呼鄧大人果然不負陰險之名，哇，太無恥了。不過鄧大人腦子也太厲害，竟能想出這種下流的辦法。

原來鄧文昌拿出來的，是一件不起眼的佩玉，這佩玉之所以不同，重在它的不起眼，這佩玉也不知是哪個沒天良的東西從墳裏刨來的，從而輾轉流到鄧文昌手裏。整塊佩玉，由於常年埋於地下，多遭泥土的侵蝕，帶著各種色沁，色澤晦暗，若是不細看，只怕許多人還以爲只是塊尋常的石頭。

大家都知道，大凡剛出土的舊玉，在數百上千年的時間裏，多遭泥土或者墓葬品的侵蝕，帶有各種色沁，但是這些沁色從色彩上看，並不完美，反而使古玉顯得很晦暗粗糙。所以，這種古玉出土之後，被許多雜質和皮殼包裹後，很難分辨出它的材質和年代。

也有些人低價購買了這種古玉之後，常年的盤養，等這舊玉恢復了從前的溫潤純厚，晶鑑光潔時，才可從中得出它的來歷。

古玉縱然具有最美的色沁，如不加盤養，沁色就會隱而不彰，玉理之色更不易見，玉性不還復，就會如普通的頑石一樣，從表面上看，色彩黝黑發黃，沒有一絲光澤，這樣的古玉，如何能用肉眼去鑑別？

鄧文昌是給沈傲出了一個超級難題，這塊玉佩，確實算是古玩，可是這樣的舊玉，要人鑑定出材質、來歷，只怕在場的人沒有一個人能夠做到。

所謂的鑑賞，無非是三種辦法，一種是觸摸，其次是視察，最次是舌舔；而這舊玉蒙了一層皮殼，不管是觸摸、視察、舌舔，面對這種舊玉都毫無辦法。因此，要鑑定這種舊玉，對於這個時代的鑑賞者，幾乎沒有任何可行的辦法。

鄧文昌笑嘻嘻地拿出舊玉的那一刻，許多人都忍不住搖頭，暗暗在想，這次沈傲是只有認輸的份了。

在廂房裏觀看的唐嚴大怒，鄧文昌實在太無恥了，竟厚顏無恥到拿舊玉出來請沈傲鑑賞，沈傲這個孩子也太老實了，竟是上了他的當。

眾目睽睽之下，沈傲接過舊玉，微微一笑道：「鄧大人是個雅人，這舊玉不知是從哪裡淘來的？」

鄧文昌當然不會說，生怕沈傲從蛛絲馬跡去猜測舊玉的來歷，連忙搖頭道：「只是一個朋友送的，正打算盤養個幾年，沈公子大才，必是知道它的真偽來歷的，是吧？」

沈傲頷首點頭：「好吧，我就來鑑賞一二。」

沈傲這一點頭，就有不少人捶胸頓足，太老實，太忠厚了，怎麼沈公子方才還是氣焰囂張的樣子，一下子又像是變了一個人似的，任誰都看得出來，這是鄧文昌的詭計，沈傲精通古玩鑑賞，難道連這個都看不出來？

也有一些冷眼旁觀的人，心裏發出冷笑，後生就是後生，鄧大人出馬，還不是將他玩弄於鼓掌之中，到時候看他如何收場。

眾人的表情各異，反倒是廂房裏支著窗戶往下看的趙佶一時竟是癡了，探出些頭來，官家的威儀一時也顧不上了。

今日的鑑寶實在太精彩了，讓他目不暇接；此時見鄧文昌給沈傲出了難題，沈傲卻是一口答應，心裏不由地想：「莫非這個沈傲，竟真的能鑑別出這塊舊玉？」

勾起了興趣，就有繼續看下去的衝動。趙佶此刻已經沉醉其中，就想看一看，世上是不是真有人能鑑出舊玉來。

就在所有人各懷鬼胎的時候，沈傲爾雅一笑，將那舊玉在手上把玩片刻，隨即向人道：「誰能爲我打盆水來？」

眾人皆是一愣，鑑賞玉器，要水做什麼？這倒是聞所未聞的事，不過沈傲既開了口，所有人都想看看他到底使用什麼方法來鑑定這塊舊玉，因此，立即有幾個人對一旁的侍者催促道：「快去為沈公子打水來。」

這個時候，國子監和太學之間的爭鬥反而一下子緩和下來，就連那鄧文昌心中也在想：「他莫非真的能鑑別這舊玉？就看看他用什麼辦法。」

只這轉念之間，鄧文昌想要教訓沈傲的心思漸漸淡下去，一心要看沈傲準備故弄什麼玄虛。

過不多時，就有皇長子的管事太監打了一盆水來，沈傲將舊玉放在桌上，小心翼翼地用手浸了些水，隨即將手指放在舊玉的上方，那水滴順著指尖滴落，恰好就落在舊玉上。

沈傲一雙眼睛仔細地開始觀察舊玉上的水滴，隨即鬆了口氣，抬眸道：「舊玉不是贗品。」

鄧文昌頓然愣了一下，才不由自主地問道：「何以見得？」

沈傲道：「要鑑別舊玉真偽很簡單，我用的是水滴法，將水滴在舊玉上，如呈露珠狀久不散開者，便是真玉，水滴很快消失的則為贗品。鄧大人請看，這水滴至今仍然呈露珠狀久散不去，那麼絕不可能是偽造的。」

水滴法？許多人都探過頭去，觀看這舊玉上的水滴，心裏卻都生出了疑惑，他們聽說過的鑑定法不少，可是水滴法卻是聞所未聞，只是不知這沈傲如何得知這種辦法。

沈傲泰然一笑道：「若是諸位不信，大可以去找一塊舊玉贗品來，一試便知。」

眾人第一次聽說過這樣的鑑定術，頓時都抖擻精神，真如沈傲所說的那樣，今日這鑑寶會，倒是真能學到一手，便紛紛去尋了個贗品來，滴水上去，果然，那水滴很快消散，許多人驚嘆起來，道：「水滴果然散了。」

廳中一下子熱鬧起來，那二樓的廂房裏卻也是一陣竊竊私語，許多人恨不能立即下樓去，一探究竟。

只是官家不開口，誰敢隨意下去，因此大家心裏雖是癢癢的，卻不得不老老實實地繼續待在二樓。

就在眾人驚嘆連連的時候，沈傲又拿起那塊舊玉，放在手中輕輕掂量，口裏喃喃說了幾句怪話，什麼品質、約莫三百克之類，突然，沈傲又是從容地笑了起來，道：

「拿刀來！」

沈傲這句話中氣十足，倒是很有好漢的氣概，抬眸一看，見眾人都是呆了，這才想起自己方才那句話似乎有那麼點犯罪傾向。

汗，本公子只是拿個刀而已，這樣看著我做什麼，怕本公子殺人嗎？

沈傲輕蔑地望了他們一眼，這群戰鬥力只有五而已的人渣，真要殺他們，還需要用刀？

「去尋一柄一尺見方的利刃也行。」沈傲和他們解釋不清，只好作出一副絕沒有暴力企圖的模樣。

「拿刀？」眾人又是一怔，莫非是拿刀來鑑定這舊玉？這可怪了，世上哪裡有動刀去鑑定古玩的？

不過，沈傲方才的舉動倒是讓不少人信服了，立即有人拿來一個小匕首，交在沈傲手裏，沈傲摸了摸匕首鋒，很鋒利，隨即將古玉按在桌上，拿著匕首對古玉輕輕劈砍。

鄧文昌連忙道：「沈公子，若是損壞了古玉，那還鑑賞個什麼？」

沈傲等切得差不多了，才抬眸對鄧文昌道：「我說過會損壞古玉嗎？」他拿起古玉，朝鄧文昌道：「你自己看看，這翡翠豈是能輕易損壞的。」

這一句話出口，所有人都提了口氣：噢，原來這玉的材質是翡翠，只是，這個沈傲又是如何得知的？

須知若它是軟玉，只需要匕首一割，那玉身必定破損；沈傲敢拿匕首切割舊玉，就一定料定了這舊玉是翡翠玉，翡翠玉有一別名，叫硬玉，極爲堅硬，就是用刀劍劈砍，也不能在玉身上留下些許刻痕。

鄧文昌暗暗吃驚，忍不住道：「沈公子，你又是如何得知這舊玉是硬玉呢？」

舊玉的外層有一層皮殼，肉眼是無法分辨它的質地的，而沈傲敢用匕首去切割舊

玉，那麼鄧文昌估計沈傲在此之前已經知道那是塊硬玉。

沈傲笑得很誠懇地道：「我猜的。」

猜的？眾人愕然，鄧文昌捏著鬍子，一下子定格住了。

許多人也是愣了一下，卻是很快地釋然了，既然沈傲能用水滴法出其不意地測出舊玉的真僞，那麼鑑定出它的質地一定也有其方法，只是他不肯說罷了。

沈傲當然不是胡猜的，方才將舊玉放在手中掂量，便是粗略估算舊玉的體積和品質，從而計算出它的大致密度，硬玉與軟玉的區別就在於密度，若是品質較重而體積較小，那麼這塊就一定是硬玉，也就是翡翠無疑了。

當然，這種辦法是不能向外人道出的，這涉及到數學的問題，古時的數學雖然屢有突破，可是在場之人，只怕數學家不多，和他們研究品質、體積之類的學問，就是說上三天三夜，也是浪費口舌。

爲了向他們證明這是硬玉，沈傲只好拿出一把刀來，切一切，翡翠最大特徵就是堅硬，尋常的匕首，自然不能在它的表面留下絲毫的痕跡。

沈傲繼續捏起玉來，仔細地看著玉的形狀、紋理，雖然被皮殼包裹，色沁雜質較多，可是依稀之間，那殘存的人工開鑿痕跡還是有的。這塊玉，有一種鄭重的風格，又有一種實用的美感，沈傲喃喃道：

「秦玉並不講求華美，而以鄭重、莊肅爲風尚，我若是所料不差，這應當是秦玉了。不過……」

他突然遲疑起來，尋常的秦玉，都會在玉身雕刻小篆，以示主人的身分，可是看這舊玉，就算被皮殼包裹，也斷不會連一點點字痕都沒有。那麼……

沈傲頓時想起了一個典故，秦簡公時期，倒是有一個故事。據說是秦簡公爲抵禦北邊異族的進攻，在宮廷佩戴寶劍，穿著武服召見僚屬，又令官吏帶劍以防身，允許百姓佩戴刀劍。

這種做法，其實就是養成尙武的風氣，而正是那個時期，秦國許多武人紛紛開始執政，不少大字不識的將軍，竟可以到位極人臣的地步。

最有意思的是，這些武人當政之後，自然而然的對文人生出排斥之心，據說他們的宅邸之中是不允許有書籍存在的，甚至排斥能識字的客卿。

這樣的情況一直持續了不少年，直到簡公逝世之後才得以矯枉。

那麼這塊玉，會不會與這些武人有關？

沈傲嘆了口氣，道：「秦簡公時的舊玉，果然與尋常的舊玉不同；鄧大人，這塊玉，你是多少錢購來的？」

沈傲說出秦簡公三字，頓時許多人明白了，沈傲已經大致猜出了它的來歷，頓時不

少人皆露出欽佩之色。

鄧文昌臉色顯得有些不自然了，答道：「只用了三十貫。」

沈傲大笑，道：「鄧大人這一次賺大了，這塊先秦古玉出自簡公時期，佩戴之人當是一名位極人臣的武人，天下間，也難以再尋出第二塊來了；若我猜得不錯，單這塊玉，價值至少千貫以上。」

鄧文昌不知是該笑還是該哭，原本還想拿塊舊玉去刁難沈傲，誰知沈傲竟一口氣就將這舊玉鑑了出來；不過，現在才知道自己淘來的這塊舊玉，竟是價值連城的好東西，總算心裏多了幾分安慰，又徐徐向沈傲問道：

「何以見得這是秦簡公時期的舊玉呢？」

沈傲便將簡公時期的時代特點說出來，隨即道：

「大家看這舊玉，雖是歷經千年，仍可看出其工藝精湛，若非大富之家，絕不可能擁有；而秦時佩玉的最大特徵，就在於玉上雕刻主人的姓名、官職，這塊玉卻找不到絲毫字跡，那麼唯一的可能，佩戴這塊舊玉的，就只有那些行事乖張的武人了。」

鄧文昌連忙小心翼翼地將舊玉收起，露出慚愧之色，朝沈傲拱拱手，道：「老夫服了，公子高明。」

鄧文昌說罷，便灰溜溜地坐回去，再不敢說什麼。

第四八章

李師師

只見她面露微笑，美目四顧，眼中似乎有著一種攝人心魄的魔力，

讓人看她一眼，便忍不住看第二眼，

第一眼看過去，先是生出慚愧之心，

第二眼看過去，就只剩下愛慕了，任何男人見了她，都不由得催生出一絲情愫。

周恆在一旁看得眉飛色舞，頓時鼓起掌來高聲叫好，鼓掌是沈傲教他的，此時情緒激動，見表哥一下子鎮住所有人，心道：表哥果然厲害，又想：這個表哥還是自己看上的，周恆感覺自己真是慧眼如炬，太厲害了。

第一個掌聲響起，監生們也紛紛鼓掌。

爽啊，一個監生挑戰整個太學，連工部侍郎都爲他折服，有沈傲在，誰還敢小覷國子監？

接著，更多的掌聲也陸續響起，當然，太學生和鄧文昌這些人自然是不會鼓掌的，一個個垂頭喪氣地悶不作聲，如喪考妣。

沈傲連忙顯出幾分謙虛，向大家拱了拱手，微微笑道：

「承蒙諸位抬愛，在下一介書生，連猜帶矇，才誤打誤撞地僥倖勝了那麼幾場……」

沈傲一口氣說了很多謙虛的話，可是這些話聽在太學生的耳裏，卻總感覺有那麼一點兒刺耳，這小子若果真是連猜帶矇、誤打誤撞都能連敗太學這麼多鑑寶高手，那不是說太學連誤打誤撞的人都比不過？

沈傲越是謙虛，太學生們就越是臉紅。

立即有人道：「沈公子實在太謙虛了。」

謙虛嗎？本公子這叫矜持，叫高尚，叫強者風範。

過不多時，又有人道：「請沈公子看看，我這件小木雕價值幾何？」

那個又道：「沈公子爲老大鑑賞鑑賞這玉佩好嗎？」

來這鑑賞大會的，多少身上都帶了幾件得意的寶貝，此時見了沈傲的厲害，許多人聞風而動，紛紛將壓箱的寶物拿出來，請沈傲鑑定。

卻又有幾個不服輸的人站出來，故意道：「請沈公子指教。」這些人有大理寺卿，有刑部主事，不一而足，都是要爲人學找回場子的。

沈傲　個個應對，又是連敗幾個不服輸的傢伙，眼看這鑑寶會被太學和國子監攬局，已到了尾聲，沈傲自然是最大的收穫者，爲人鑑定了幾樣古玩，隨即就不再接單了。

也太無恥了點吧，不少傢伙更像是趁機揩油呢。

其一個傢伙，故意擺出一副要和沈傲決鬥的模樣，拿出自己的寶物來，要和沈傲一決死戰；結果沈傲將這寶物鑑定出來，說出了價值，這傢伙馬上面色一喜，收起寶貝便藏到人群中去了。

太可惡了，這是打著切磋的名號來叫沈傲給他鑑定，而且還是免費的那種，須知這個時代，寶物的鑑定可是價值不菲的，尤其是一些遠古時期的古玩，非要鑑寶的名家才能看出它的價值，而要請動這些名家，費用自然不低。

沈傲感覺上當了，居然白白給那傢伙占了便宜。

招架不住，卻又盛情難卻，沈傲眼珠子一轉，很感動的道：

「諸位要鑑寶，沈某人來日再爲大家免費鑑定吧，今日舉辦的是鑑寶大會，皇長子殿下親自主持，總不能壞了殿下的規矩；不如這樣，過些時日，我會去邃雅山房喝茶，若是諸位有閒暇，也可到邃雅山房去，到時候我爲大家免費鑑賞，不收取任何費用。」

眾人一聽，皆是樂了，沈公子人品真不錯，無償鑑寶，太好了，這些人大多是王公顯貴，最不濟的也是富商巨賈，又愛好古玩，家裏頭的寶貝多了去了，也有不少一時難以鑑定真僞的古玩，沈傲這樣一說，大家心裏都不由地想：

「看來若有空閒，真該去那個什麼邃雅山房恭候沈公子了，請他鑑鑑寶貝，還可以討教些心得，好極了。」

沈傲的人品真好啊，免費爲群眾服務，立即得到了眾人一致的讚賞，就連那些抿著嘴的太學生，也忍不住佩服沈傲的爲人。不過，沈傲的心思只怕也只有他自己才清楚，他現在覺得最急需解決的問題，是及時知會吳三兒，叫他立即騰出一層樓來，建立高級會員包廂。

哈哈，這些王公巨富學問都不會差到哪裡去，要到邃雅山房喝茶，那自然沒有問題的。

鑑寶當然是免費的，可是沈傲如果只去高級會員包廂喝茶，這些人自然得到高級會員包廂等候，高級會員一個月十貫錢會費，一壺茶一貫，一盤糕點五百錢，你們慢慢等，等個十天半個月，單茶點的錢按人頭，至少也賺你們個五六十貫，黑死你們。

當然，黑歸黑，沈傲還是要名聲的，雖然很多人都在流傳沈傲與邃雅山房不清不楚的關係，不過，這件事只是坊間流傳，誰也不知道沈傲才是邃雅山房背後最大的股東，這樣一來，錢沈傲賺了，邃雅山房的名氣又打了出去，顧客不再只是一些公子哥，一下子多了不少王公巨富，檔次還可以再上一步。

而且，沈傲是真的免費爲他們鑑賞古玩，誰還敢說什麼？

有人已經開始暗暗打聽，這邃雅山房是個什麼東西；立即有人不屑道：

「邃雅山房你都不知道？老兄，你也太孤陋寡聞了吧？邃雅山房是才子的聚會之所，官家親自題過字的，沒聽說過邃雅山房，那《邃雅詩集》你總不會沒聽說過吧？哇，這都沒聽說過，老兄，往後見了別人，千萬別說你認識我。」

氣氛高昂起來，廳堂的比試氣氛轉淡，不少人藏著討教的心思。

廂房裏的看客也看得過癮極了，沈傲先是連敗三個太學生，隨即又揭開一塊舊玉的來歷、質地，不但將工部侍郎的陰謀戳破，還讓他也爲之折服，接著又連敗幾個太學的老油條，真是令人大開眼界。

尤其是鑑定那塊舊玉的時候，許多新奇的鑑定法展露出來，大家都看得如癡如醉。他們現在才明白，原來舊玉並不是完全不能鑑定的，只要有實力，再難的鑑定也可以實踐，實力到了沈傲這個地步，就是一塊頑石，他也能分出個子丑寅卯來。

最激動的當然是周正、唐嚴二人，這二人，一個是沈傲的姨父，一個是沈傲的師長，對他都寄予著厚望；沈傲露出這幾手，實在令人嘆爲觀止，尤其是周正，他亦是愛好古玩之人，那滴水法他是聞所未聞的，想不到一兩滴水也可用來鑑定古玩，實在太出人意表了。

趙佶和三皇子二人也都看得癡了，回過神來的時候，趙佶微微一笑，不由地呢喃道：「這個沈傲是妖怪所化嗎？小小年紀，竟有這樣的學識。」

不管是行書還是鑑寶，沒有豐富的經驗和滿腹的學識是不可能成爲高手的，行書講的是勤學苦練，而鑑寶則需要極爲豐富的歷史知識。

在這個時代，書籍是很難獲取的，尤其是古籍，因此，就算是在達官貴人之中，也有相互借書、手抄傳閱的傳統。不過沈傲卻是不同，在他的那個時代，由於印刷術的突破和網路的發達，只要肯靜下心來，任何書籍都可以看到。

知識大爆炸，當然不是個簡單做到的名詞，沈傲能懂各種典故，能通曉各種古董的工藝、質地，來源於後世氾濫的印刷書籍，其掌握的知識量，自然不是這個時代的人能夠擁有的。

天色漸漸黯淡，僕役點上了許多燈火，搖曳的火光，許多人已經顯出疲憊之色；今日的鑑寶會雖然不合常規，從一開始就被人攪局，可是作爲看客，卻也感覺這場鑑寶會精彩極了。

此時無人再敢向沈傲挑釁，眼看著鑑寶會已到了尾聲，已經有幾個人先行告辭出場。

沈傲悄悄地拉了拉周恆，對周恆道：「今夜我們就不回國子監裏去了，既然告了假，明早再想辦法回去。」

周恆頓時來了興致，笑嘻嘻地道：「表哥，那你說，我們夜裏往哪裡去？」

周恆的眼眸流露出些許曖昧的光澤，很是期待沈傲的答案，大半夜的，兩個公子哥夜不歸宿，嘿嘿，以周恆的爲人，自然能猜測些什麼。

如果表哥說出一個生爲監生不該去的地方，身爲表弟，是不是該拒絕一下？好，就拒絕一下，如果表哥再堅持，本公子就捨命陪表哥了。

只不過等沈傲說話時，周恆頓感失望，沈傲道：「當然是去邃雅山房，周董，我們總要去看看生意，不能完全做甩手掌櫃吧。」

周恆很失望很尷尬地點頭道：「好，就去邃雅山房，許久沒看吳三兒了，不知他近來怎麼樣。」

一些準備離去的人走到沈傲面前來拱手告辭，沈傲連忙回禮，笑吟吟地請大家到邃雅山房切磋鑑寶，說是切磋，可是這些人都明白，他們只有向沈傲討教的份。

恰在這個時候，一個人發出冷笑，那聲音不大不小，卻恰好又能讓所有人聽見。

「山中無老虎，猴子稱大王，可笑可嘆。」

說話之人是個戴著綸巾的青年，穿著件樸素的儒衫，負著手，那面如冠玉的臉上似笑非笑，一雙眸子死死地盯著沈傲，挑釁意味極濃。

沈傲已經夠狂了，這個人卻更顯狂妄，一句話，就將沈傲比作了猴子，至於其他人，自然連猴子都不如了。

頓時便有人羞怒道：「好大的膽子，你是誰？也敢在這裏口出狂言。」

這人蕭瑟一笑，瞥了叫罵的人一眼，隨即冷笑道：「你不配和我說話。」

青年說罷，走到沈傲身前，打量了沈傲一眼，道：「方才沈兄鑑寶的功夫令人大開眼界，只不過，在下卻不以為然，今日既恰逢盛會，少不得要和沈兄較技了。」

咦，又有人向沈傲挑戰了，許多原本要走的看客腳步挪不動了，紛紛駐足圍觀。

沈傲微微一笑，道：「敢問兄台是誰？」

這人道：「鄙人姓鄭，單名一個詩字。」

終於來了，他就是鄭詩？

沈傲饒有興致地打量著鄭詩，他隱隱覺得，這個人此刻出現，一定是有備而來的。

看來真正的好戲，這才開場。

沈傲怡然一笑，道：「你就是太學生鄭詩？」

鄭詩臉上浮出些許的詫異之色，隨即又消失不見，笑道：「沈兄又怎麼知道我是太學生？」

眾人一聽鄭詩是太學生，更是興奮，尤其是那些太學出來的生員，雖然覺得此人面生，可他既自稱是太學生，那也好極了，看此人篤定的模樣，或許是有把握與沈傲平分秋色的。

沈傲高深莫測地微笑著，道：「我就是知道，不過……」他故意頓了頓，笑容變得有些冷了，道：「恰好我也認識一個叫鄭詩的太學生，可惜這個人不是兄台。」

鄭詩倒是沒有表現出過多的慌張，反而更顯鎮定，從容不迫地道：「天下人同名同姓的不知凡幾，這是常有的事，在下有一樣寶物想要沈兄驗一驗，不知沈兄敢應戰嗎？」

沈傲心裏想：「這人的臉皮太厚了，心理素質倒是不錯。」

在沈傲心裏，臉皮厚也算是個特長，一個人的臉皮能厚到某種地步，那更是不容小覷了。

沈傲更加打起精神，道：「那就請鄭兄賜教了。」

鄭詩點點頭，取下背後的包袱，將包袱打開，一個瓷瓶頓時落入衆人眼簾。

竟只是一個普通的瓷瓶，許多人不由得露出失望之色，心裏不禁想：「看來此人並不見得高明，以沈公子的手段，要鑑定它還不是手到擒來嗎？」

沈傲卻是淡淡一笑，這個鄭詩，是個真正懂行的人。

在後世的鑑寶界，有人認爲鑑定陶瓷最易，也有人認爲鑑定陶瓷最難，這種爭議確實不少；可是沈傲卻明白，瓷瓶是最難鑑定的。

許多人往往剛入行時，認爲鑑定陶瓷最簡單，鑑定字畫、印章、雕刻最難，因爲鑑定字畫需記住許多畫家的名頭和各個時代的藝術風格後才能入門，而陶瓷卻似乎有捷徑。但若是真正成爲了鑑寶界的名家，這種觀念就會變了，漸漸便會明白鑑定陶瓷是最難的。

因爲，字畫雖然名家衆多，但每個人的風格還是比較單一，而陶瓷窯口衆多，每個時代特徵也不統一，並且真假難辨，所以真是應了那句「霧裏看花」。而且仿造陶瓷，比之仿造書畫要容易得多，鑑寶人很容易會看走眼。

鄭詩朗聲一笑，道：「沈兄若是能斷出這瓷瓶的真僞，在下任由沈公子處置，只不過嘛……」他頓了頓，臉上浮出嘲笑之意：「若是沈公子斷不出，又當如何？」

沈傲道：「鄭公子的意思是，要沈某人任由你處置嗎？」

鄭詩搖頭，目光卻落在周恆身上：「這倒不必，只需讓沈公子的表弟——周公子，任由在下處置便是。」

周恆好憋屈，自己怎麼一下子竟成了別人的賭注，他自信根本就沒有見過這鄭詩，姓鄭的找自己麻煩做什麼？

沈傲望了周恆一眼，滿是期望周恆能爲藝術犧牲。周恆連忙道：「表哥，你有沒有把握？」

沈傲凝望著那瓷瓶，苦笑道：「有那麼一點點。」

「才只有一點點啊。」周恆大感不妙，連忙道：「不行，這姓鄭的有古怪，我們還是不要理他了；我看他的模樣，是不是有斷袖之癖？哇，你要是輸給了他，他要折辱本公子怎麼辦？」

「折辱」這個詞用得好啊，沈傲突然感覺，表弟還是很有學問的。

鄭詩看沈傲遲遲未答應下來，在一旁道：「怎麼？沈公子怕了嗎？若是沈公子不敢

來比，那麼不妨認輸即是。至於周公子，哈哈，周公子也太有自信了吧，鄭某就是真有這樣的嗜好，也絕看不上周公子這樣的死胖子的。」

周恆最恨別人叫他胖子，更何況前面還加了個死字，大怒道：「小子，你張狂個什麼？」

見鄭詩沒有再理他，周恆便又改變了主意，對沈傲道：「表哥，你和他去賭吧，若是輸了，大不了我任他處置就是。」

周恆緊緊地握了握表哥的手，生出破釜沉舟的決心，道：「表哥，我相信你，你一定要小心應戰，不要讓表弟我落入虎口知道嗎？」

沈傲很動情地反握周恆的手，道：「放心，表哥一定會盡力而爲的；不過事先說好，如果輸了，你也不要怨恨表哥。」

周恆要哭了，看沈傲的模樣，把握不是很大啊，若不是被鄭詩激將，他也不至於拿自己去做賭注，現在後悔已經來不及了，這麼多雙眼睛看著，總不能出爾反爾吧，只能拼了。

定下了賭注，許多人卻生出疑問，這個鄭詩，似乎對周恆恨得咬牙切齒，這又是怎麼回事？

真是奇怪，眾人卻一時尋不出答案，只能抖擻起精神繼續看下去。

有人挑戰，沈傲沒有拒絕的道理，更何況，賭注不是他，而是表弟，心裏也沒有多大壓力。如果是要自己去任由鄭詩處置，說不定沈傲還會分神，換作是別人，就不同了。

表弟也很慘，竟被鄭詩盯上了，這樣也好，嚇嚇他。

沈傲拿起那個瓷瓶，左右端詳，這才發現這瓷瓶的厲害之處。

這口瓷瓶，看色澤、工藝，倒是與西周有瓜葛；要知道，瓷器不比陶器，陶器的製作較爲簡便，而瓷器的發明技藝是在陶器技術不斷發展和提高的基礎上產生的。

原始瓷器雖在商周時期就已經出現，可是極少，幾乎絕跡，在這種情況之下，要辨別遠古瓷瓶的真僞，難度相當大。

許多人將鑑定古陶瓷，看成是十分神秘和高不可攀的學問，其實這個認識是錯誤的，要鑑定陶瓷，重要的還是一個熟字，熟能生巧，看的陶瓷多了，自然而然對不同時代、不同地區、不同窯口的風格，各種複製品與作僞的表現，經過一段較長時間的觀察、分析、比較，掌握其演變規律，就可逐步地獲得鑑定的入門知識。

不同時代、不同窯口所生產的陶瓷的原料、火候、造型、紋飾都有所不同；而沈傲的優勢也就在於此，他一輩子都在和各種珍奇古玩打交道，見多識廣，每一樣古玩的質

地、時代風格、藝術水準，只需一看，就能猜出個大概，之後再去看釉色、胎質，斷定真僞即是。

鑑定遠古瓷器最大的問題還是在經驗上，由於當時的瓷器產量本就不多，再加上這種瓷器並不精美，質地較差，沒有過高的收藏價值，因此歷經數千年之後，能夠留存下來的遠古瓷器少之又少。

沒有樣本，就沒有鑑定的經驗，在鑑定遠古瓷器的領域，沈傲幾乎是一片空白；因此，要鑑定出眼前這口瓷瓶的真僞、質地，難度極大；只能依靠一些古籍的隻言片語，或者從商周時期的風格上進行臆測、推斷。

沈傲不禁在心裏想道：「難怪他敢說大話，這瓷瓶不知是姓鄭的從哪裡尋來的？好，今日就斷一斷這遠古瓷瓶。」

沈傲屬於挑戰難度越強，越有戰鬥力的那種；舉起手指撫摸著瓷瓶的紋理，觀察著瓷瓶各處細節。

眾人認真地看著這瓷瓶，也發現了它的古怪，這種瓷瓶，竟是聞所未聞，見所未見，不管是樣式、造型、紋飾，幾乎與歷代的瓷瓶都有不同。看來，在沈公子面前，又多了一個難題，這個瓷瓶的鑑定難度，只怕不比那舊玉要低。

恰在這個時候，突然傳出門人唱喏的聲音，道：

「師師小姐、蓁蓁小姐到……」

沈傲頓了一下，蓁蓁來了。

就連對面的鄭公子，目光也一時變得熱切起來，彷彿早已預料到此時會有人來一般，帶著笑容，目光落在門廳處。

許多人亦回過神來，有不少看客心中不禁生出期待之心，今日見識了沈公子神奇的鑑寶實力，居然還能見到「蒔花館」兩大花魁，真是沒有白來，賺大了。

這個時候，門廳處傳來碎步的聲音，仔細看去，一對美妙的身影步步生蓮，徐徐從黑暗顯現出婀娜身形。

沈傲也分出了心，握著瓷瓶，放眼去看蓁蓁。

蓁蓁今日青絲高盤，雖是一襲素衣，卻光華隱現，行走間如弱柳扶風，顧盼間美目盈盈，端地是個美貌無比的女子；尤其是那腰肢，纖弱的似乎一手便可將其摟住，每走一步，那腰肢便微微一顫，彷彿一陣風兒就要將她吹倒，讓人隱隱生出護花之心。

蓁蓁的目光亦在廳中逡巡，俏臉繃得緊緊的，等到目光來到沈傲的身上，便抿嘴一笑，似是走路都變得輕快了一些。

這一嫣然的風情，還沒有迷倒沈傲，倒是將許多人迷倒了，除了幾個自恃身分的，不少人呆呆地看著這一對姐妹花，一時挪不動步。

沈傲連忙收攝心神，太勾魂了，不過本公子喜歡，隨即微微一笑，一雙眼睛刻意直勾勾地盯著蓁蓁，這叫「放電」，用一雙眼睛去褻瀆她。

蓁蓁刻意收回眸光，餘光一瞥，沈傲的眼神太赤裸裸了，頓時俏臉兒又是嫣紅一片，咬著貝齒，往師師身邊靠了靠。

那師師與蓁蓁同樣都是絕色，只是師師有豐腴成熟之美，而蓁蓁略顯青澀。

師師玉面粉腮，杏眼瓊鼻，櫻桃小口，尤其是美眸，只見她面露微笑，美目四顧，眼中似乎有著一種攝人心魄的魔力，讓人看她一眼，便忍不住看第二眼，第一眼看過去，先是生出慚愧之心，第二眼看過去，就只剩下愛慕了，若是再多看幾眼，便能感覺到這美人兒深入骨髓的風騷勁兒；給人感覺彷彿這美人兒天生便有一種骨子裏的嫵媚，任何男人見了她，都不由得催生出一絲情愫。

「她就是李師師？」沈傲玩味地看了師師一眼，便不再注意她了，這種女人不好惹，不是因爲她是傳說中皇帝的小情人；沈傲有一種感覺，這種女人永遠都不會癡心情長的，既然不能佔有，又何必浪費自己心力。

師師挽著蓁蓁的手，目光也在廳中逡巡，俏臉上似笑非笑，櫻桃小口一張，輕柔地對著眾人問道：「不知誰是沈公子？」

這句話一說出來，蓁蓁頓然有點兒失措了，連連給師師使眼色。

「沈公子？」沈傲心裏不出地想：「她莫非在說我？娘的，這狐媚子太害人了，進了這廳堂裏，迫不及待地尋本公子，這不是要把本公子推到風口浪尖上去嗎？我和你是清白的啊，可是被你這麼一叫，就不清白了，不知要遭受多少人的嫉恨啊。」

更何況，這個女人還是皇帝的小情人，若是這些風言風語傳到皇帝的耳邊去，哇，慘了，說不定會被強行送去做太監呢。

師師見無人回答，輕輕一笑，那勾人的眼眸往四周看了看，又道：

「誰是沈傲沈公子？」

這一句話夠直白了，直接點了沈傲的名字，這下子，所有人都反應過來了，不少目光直接從師師和蓁蓁身上抽離，一齊落到沈傲身上；彷彿都在說：「向師師小姐報告，他就是沈傲。」

這種萬人矚目的目光，沈傲雖然已經習慣，可是面對現在這種狀況，讓他頓然冷汗直流。

風口浪尖啊，李師師和蓁蓁，這兩個美人都是汴京城最有名的人物，被她們在眾目睽睽之下關注，可不算是好事。危險啊，說不定明天就會有她們的愛慕者來尋釁生事了。

沒用的，沈傲已經變成了螢火蟲和金龜子，縱是在伸手不見五指的黑夜裏也藏不住，想到這裏，沈傲橫下心，娘的，不就是受美人兒看重嗎？人家都不怕，他沈傲怕什麼，豁出去了。

先將瓷瓶放下，在無數嫉恨、驚嘆的目光下走到師師、蓁蓁的身前，先向蓁蓁道：「蓁蓁姑娘好，幾日不見，蓁蓁姑娘更漂亮了。」

蓁蓁嗯了一聲，她是個聰明體貼的人，知道沈傲被師師推到了刀山火海上，爲了證明沈傲與師師沒有私情，便道：「我姐姐叫你，是想看看你是否像我說的那樣。」

這句話聲音不大，卻是足夠讓廳中之人都聽到了。

這一聽，噢，明白了，原來師師和沈傲沒有私情，有私情的是那個蓁蓁。

沈傲鬆了口氣，蓁蓁這句話算是替自己解了圍，心裏不由地想，蓁蓁真是善解人意，爲了不讓人誤會自己和師師有染，寧願當眾說出她與自己不清楚的關係。在大庭廣眾之下說出這句話，只怕需要鼓足很大的勇氣。

太感動了，看來那玫瑰花送的一點也不冤枉。

第四九章
高明的贗品

沈傲拿起那遠古瓷瓶，卻是使勁一摔，砰的一聲，瓷瓶碎裂，散落的到處都是。

鄭詩大驚，連忙道：「你這是要做什麼？為何要將它摔了？」

沈傲冷笑道：「一個高明的贗品罷了，留著又有什麼用？」

這時，師師莞爾一笑。這媚笑對著沈傲，彷彿有無窮的吸引力，尤其是那眼睛，配合著笑容微微一轉，更增添了幾分神秘的魅力，向沈傲嗔怒道：「沈公子好雅興，竟來這鑑寶會了，上一次你欺負了蓁蓁，今日教我怎麼和你算賬？」

「算賬？我好冤枉啊，誰欺負誰還不一定呢，蓁蓁在那一晚可比我主動得多了。」沈傲在心裏叫冤，卻是一本正經地道：「師師姑娘此言差矣，兩情相悅的事，談不上誰欺負誰。」

這句話回答得很得體，不過有心人聽了，那羨慕加嫉恨的心思就更重了，「欺負」這兩個字意味深長，到底是怎麼個欺負法？

師師掩嘴一笑，嗔怒轉化爲調笑：「蓁蓁說得沒有錯，沈公子的臉皮真的很厚。」頓了一下，隨即又道：「沈公子作的那幅畫，奴家有幸目睹，畫得很傳神呢，若是有閒，沈公子可爲我畫一幅畫嗎？」

這一次，她的聲音低了許多，只有沈傲能聽見。

畫？沈傲想起來了，她所指的應當是蓁蓁閨房裏的那幅《美人春睡圖》，想起那幅畫，沈傲的笑意加深了一些，連忙道：「作畫講的是靈感，靈光乍現，一時性起，畫兒也就一氣呵成了；若是教我刻意去爲人作畫，只怕會玷污了師師姐姐的美貌。」

他當然要拒絕，去畫李師師？汗，很危險的。

沈傲不是怕，而是在沒有必要的情況下，絕對不會將自己捲入危險的境地，他和李師師非親非故，沒拉小手兒沒親嘴，憑什麼去給她作畫？

師師微微一愣，顯然是她向男人提出的要求極少被人斷然拒絕的，隨即又釋然地笑道：「你這人倒是有意思。」轉而又換上幽幽的眼色道：「蓁蓁不要你作畫，你倒是作得勤快；奴家請公子作畫，卻遭了拒絕，公子是瞧不起師師嗎？是了，師師比不上蓁蓁漂亮，更比不上她的風情萬種，是嗎？」

她看上去幽怨極了，那一雙多情的眸子忽然變得黯然起來，讓人忍不住想摟著她安慰一番。

沈傲吸了口氣，這個女人太厲害了，舉手投足之間都有一種狐媚的美感，難怪能將天下的男人玩弄於鼓掌。

沈傲苦笑道：「情人眼裏出西施，人各有所好罷了；師師姐姐何必在意。」不敢再和師師說話了，再說下去，非得著了她的道不可，沈傲望向蓁蓁，笑著道：「蓁蓁收到我的花了嗎？」

蓁蓁眼中先是露出一絲欣喜，接著，又黯然下來道：「收到了，蓁蓁很喜歡，只是……過不了幾日，花兒就謝了。」

蓁蓁說罷，輕輕嘆了口氣，言語之中帶著傷感。

沈傲很有深意地道：「美好的事物總是容易凋零，所以歷代看透了人世的大賢者，都在勸說世人及時行樂。蓁蓁姑娘，人生得意需盡歡，莫使金樽空對月啊。有空，我們再謀一醉如何？」

這話好曖昧，不過，既然被人看出了他與蓁蓁的私情，管它曖昧不曖昧了，誰能把他怎麼樣啊？

蓁蓁沉默不語。

那鄭詩卻不知什麼時候走了過來，朝蓁蓁道：「蓁蓁姑娘你好。」

蓁蓁抬眸，見是鄭詩，嫣然一笑，客氣地道：「原來鄭公子也在，鄭公子也是來鑑寶的嗎？」

沈傲最討厭蓁蓁和別人胡亂說話，更何況，這個人還是自己的敵人，連忙搶答道：「鄭公子是個老實人，鑑寶這樣火藥味濃重的盛會，鄭公子怎麼肯去和人爭鬥，他這一趟來，是爲了維護世界和平的。」

鄭詩頓時臉都變了，方才他要回蓁蓁的話，沈傲竟冒出這一句沒有頭腦的話，正要開口解釋，沈傲又喋喋不休的道：

「鄭公子人太好了，維護世界和平只是他的副業，除此之外，他還送了我個遠古瓷瓶，這瓷瓶非同一般啊，鄭公子爲了尋了它贈予我，不知刨了多少人家的墳呢，本公子太感動了，鄭公子厚恩大德，往後沈傲一定湧泉相報。」

說著，拉起鄭詩的手，很真摯的道：「只是……鄭公子往後不要再刨別人的墳好嗎？這樣做是有違道德的。」

鄭詩忍不住了，大怒道：「你胡說什麼？」

哈哈，你的本來面目露出來了吧。沈傲放開鄭詩的手，露出笑容，這個鄭公子不是在蓁蓁面前一直裝老實人嗎？今日就要他顯露原形。

蓁蓁見鄭詩那可怖的樣子，彷彿一下子不認識他了。

鄭詩也意識到自己的失態，連忙換了一副溫柔的模樣，想要辯解，沈傲的嘴更快，語極快的道：「鄭公子，我胡說了嗎？難道這瓷瓶不是古物？是你拿個贗品來矇我的？啊呀呀，鄭公子，你的品行實在太壞了，贗品就贗品，千里送鵝毛，禮輕情意重，你就是送我一塊石頭，我也很喜歡的。可是，你爲什麼要說它是真品呢？爲什麼爲了贈一樣寶物給我，你還大半夜去刨墳呢？騙人是很不對的，我深深的鄙視你。」

露出中指，朝著鄭詩狠狠的比了比。

鄭詩屢屢要辯解，卻都被沈傲阻住，那師師和蓁蓁二人卻只是含笑，尤其是蓁蓁，偶爾向鄭詩投來的目光，竟是一片茫然。

鄭詩心中一凜，不由地想：「這個沈傲在這裏胡說八道，莫非是故意要我動怒，好讓蓁蓁看清我的面目？」

有了這個疑問，鄭詩連忙暗暗壓住怒火，任由沈傲胡說。

偏偏沈傲實在惡毒得很，話鋒一轉，又說到鄭詩討好自己的目的，他感人至深地對蓁蓁道：「雖然鄭公子騙了我，可是我並不怪他，鄭公子是個好人，雖然他喜歡騙朋友，卻是情有可原的。蓁蓁你知道嗎？鄭公子的姐姐病了，急需醫治，恰好本公子略懂一些醫術，因此他才將那瓷瓶拿來送我，教我給他姐姐看病。」

蓁蓁心知他是胡說，心裏在想：「他這人爲什麼胡說八道起來這樣熟練？哎，但願他對我說過的那一番話不是胡說八道。」

隨即又想起鄭詩方才那可怖的臉色，心裏一緊，鄭詩從前在她面前，絕沒有表現出任何的大喜大怒，可是方才那看向沈傲的眼眸，竟是殺氣騰騰，蓁蓁相信，若是在那一刻，鄭詩手中有一把利刃，他絕對會毫不猶豫地往沈傲身上送去。

蓁蓁畢竟是見過世面的人，所見的各色人等不勝凡幾，心中頓然一凜：「看來鄭公子也不是從前所表現的那樣老實木訥，難道他一直在我的面前做戲嗎？」

師師卻沒想太多，彷彿成了沈傲最好的傾聽者，聽到沈傲說鄭公子的姐姐病了，薄唇劃起一道完美的半弧，柔聲道：「不知鄭公子的姐姐得了什麼病？」

沈傲的臉色頓時變得緊張起來，連忙道：「這種事，不足爲外人道也。」

沈傲搖頭晃腦的拽著，一副要爲兄弟保守秘密的樣子。

師師又笑道：「沈公子快說，否則奴家可不依的。」

看來師師也不錯，至少善解人意，沈傲心裏很感激她，以師師的聰明，當然知道他在胡說，可是這樣與沈傲一問一答，就明顯有幫助沈傲的嫌疑了。

沈傲沉吟片刻，板著臉道：「師師小姐不要追問了好不好，我是不會告訴你的，事關鄭公子姐姐的名節，是最緊要不過的東西，我沈傲義薄雲天，待朋友便如兄弟手足，這件事我已答應了鄭公子，決不告訴別人。」

他這話的言外之意再清楚不過了，意思是說鄭公子的姐姐得了病，這種病卻不能說，那麼這是什麼病呢？你們自己猜啊，有什麼病是不能說的呢，大家都懂得，不外乎各類婦人病什麼的，各自發揮自己的想像就是。

師師是個女人，聽沈傲這樣一說，頓時撲哧一笑，連那蓁蓁回過神來，也被逗笑了，慍怒含嗔的望了沈傲一眼，口裏道：「沈公子不要這樣胡說別人的不好了，好不好？」

鄭詩此刻壓抑著火氣，可是畢竟沈傲這回說得太過火，那眼眸中的殺機自然流露，被師師和蓁蓁瞧見，卻都抿著嘴，對他的印象壞了幾分。

蓁蓁心裏清楚，沈傲一向愛胡說八道，因此也不指望他能轉眼間變成個正人君子；反倒是鄭詩，在蓁蓁面前樸實慣了，突然現出這樣的臉色，讓蓁蓁嚇了一跳，竟是一下子彷彿再找不到那個樸實、刻苦的少年。

沈傲繼續理直氣壯地道：「我哪裡在說鄭公子的不好，我一直都在維護他啊，蓁蓁冤枉我了，鄭公子和我，相交莫逆，一見如故，情投意合，如膠似漆，水乳交融……我哪裡會說鄭公子的不好？鄭公子，你說是不是？」

沈傲笑吟吟地望著鄭詩。

鄭詩遲疑片刻，似在猶豫，隨即道：「是啊，我和沈公子關係很好的。」

鄭詩壓著心底的怒火，看起來又恢復了樸實的本性，微微地笑著，表現得很得體。殊不知沈傲卻在暗笑，這個鄭詩被自己氣糊塗了，竟是連演技都差了許多。方才那一抹殺機已經被蓁蓁看在眼裏，這個時候又矯揉造作的表現出與沈傲親近的模樣，換作了蓁蓁會怎樣想？

「我家的蓁蓁可不傻，若是那傻乎乎的小郡主或是單純的春兒，並不會覺得有異，可是蓁蓁能在蒔花館立足，將男人玩弄於鼓掌，若是連這點都看不出來，早被人吃了，還輪得到金剛不壞沈郎君嗎？」沈傲心裏暗喜，鄭詩的形象，只怕全毀了。

鄭詩生怕沈傲繼續胡攪蠻纏，便催促沈傲道：「沈公子，那瓷瓶到底還鑑定不鑑定了？」

這一催促，師師就問：「鑑定什麼瓷瓶？噢，沈公子，原來你還會鑑寶，這倒有趣，我要看看。」

沈傲微微一笑，道：「師師姐姐來得巧了，恰好我要鑑定一個遠古瓷瓶，今日就在姐姐面前獻醜，不過嘛……」

說罷，沈傲咬著唇，若有所思，一副欲言又止的樣子。

師師也不知沈傲什麼時候開始叫她姐姐的，只知道沈傲這個人膽子極大，尋常人見了她，大多擺出一副風度翩翩的樣子，力求在她心目中留下完美形象，反倒是這個沈傲，竟是口沒遮攔、胡言亂語，萬般的風情，竟是惑他不住；便覺得此人太有意思了，挽住蓁蓁看著沈傲道：

「只不過什麼？」

沈傲道：「只不過沒有彩頭，學生鑑起寶來太沒意思了。」

他自稱學生起來，一點都不慚愧。

蓁蓁心裏想著，若是國子監和太學的學生都是他這個樣子，那可就糟了，不過想著，想著，便忍不住撲哧地笑出來。

鄭詩看在眼裏，心裏暗暗警惕。

爲了討好蓁蓁，他已花了半年時光，眼看馬到成功，誰知突然跳出一個沈傲要壞他的好事，他看得出來，蓁蓁看沈傲的眼神，和看別人的時候不同，這種不同對他來說，可是大大的不妙。

蓁蓁道：「不知沈公子要什麼彩頭？」

沈傲精神一振，大言不慚地道：「若是沈傲勝了，師師姐姐能給我跳一支舞，蓁蓁能爲我唱個小曲兒，那就好極了。」

師師嗔怒道：「你這人倒是很懂順杆子往上爬，連師師都不放過嗎？」

這一句「不放過」用得曖昧極了，師師果然是情場高手，一句話，就讓人浮想聯翩。

沈傲一副義正辭嚴的樣子道：「師師姐姐說的是什麼話？歌舞、鑑寶都是藝術，我們來自五湖四海，都是藝術青年，師師姐姐欣賞了我的鑑寶，我難道請姐姐跳支舞也求而不得嗎？」

蓁蓁生怕他再胡說八道，什麼五湖四海，什麼藝術青年，真是聽了都令人臉紅，可是偏偏他的話倒不是沒有道理，連忙道：「師師姐姐更擅唱曲的。」

這句話是提醒沈傲，她才擅長跳舞，沈傲卻連連搖頭：「我就要蓁蓁唱曲兒。」

蓁蓁頓時想起沈傲上一次教他唱的那種奇怪的淫詞，便緋紅著臉，不由地沉默了。

師師道：「好，若是沈公子贏了，奴家便爲沈公子跳一支舞吧。」

沈傲精神振奮，連忙道：「一言爲定。」

沈傲徑直走回去，拿起那遠古瓷瓶，卻是使勁一摔，砰的一聲，瓷瓶碎裂，散落的到處都是。

鄭詩大驚，連忙道：「你……你這是要做什麼？要你鑑寶，你爲何要將它摔了？」

看客們也都暗暗奇怪，這個沈公子，怎麼突然將這寶物給摔了。

沈傲連看都不看地上的碎片一眼，冷笑道：「一個高明的贗品罷了，留著又有什麼用？」

鄭詩眉頭一皺，冷笑道：「沈兄何以見得它就是贗品？」

沈傲胸有成竹地看著鄭詩道：「這件贗品仿得太真切，更何況年代久遠，沒有實物比較，尋常人當然辨不出真僞，不過……」

沈傲冷笑一聲：「這瓷瓶僞造的雖然高明，卻難免有畫蛇添足之嫌，試問，一個歷經千年的瓷瓶，怎麼只會有釉彩脫落？通體上下，竟連一絲瑕疵都沒有？」

鄭詩一愣，想不到做得完美，竟也成了沈傲說它是贗品的理由。

鄭詩高深莫測地看著沈傲大笑：「沈公子的話是不是說得太滿了，沒有瑕疵，那又

如何？若這也是贗品的佐證，沈公子也未免太武斷了些。」

沈傲微微一笑：「鄭兄一定要我說出它的缺憾嗎？既然如此，那麼我就直說了吧。」

他撿起一塊碎片，慢吞吞的道：

「諸位請看，這瓷瓶的樣式有極濃的江南風格，那麼，沈傲可以肯定，這應當是西周時期的吳城原始瓷，吳城地處江南，在那個時期又大量產出瓷土礦，那麼我想問一問鄭兄，既然如此，爲什麼明明是吳城原始瓷，卻偏偏用的是較爲青白的北方瓷土？」

這一句話道出來，眾人恍然大悟。這個西周瓷瓶既是在吳城製造，用的料卻錯了，須知南北的瓷土略有區別，仿製者雖然高明，只怕百密一疏，終究還是沒有想到這個漏洞。

商周時期交通本就不便，吳城本就自產瓷土，誰會千里迢迢的將北方瓷土運到吳城去製造瓷瓶？若真是如此，那麼要製造這麼一個瓷瓶，所花費的人力物力都是驚人的，若這瓷瓶極爲精美，是王室、諸侯所用的器具，那倒也罷了，偏偏這瓷瓶並不起眼，用它的人，最多也不過是個小官吏罷了，這樣的人，肯花費巨額的資金叫幾個人往返數年，運來北方瓷土，製造這麼一個不起眼的瓷瓶？

百密一疏，再高明的僞造者也有破綻，就是沈傲也有，只不過這些細微的破綻，也只有同等級的高手才能破解。

瓷土分佈各地，各產地的瓷土也略有不同，譬如北方的瓷土往往較爲青白，而南方瓷土則偏紅，只要一看這瓷瓶，就能得出所用的材質。

僞造者明顯是急於要將這瓷瓶用於鑑寶大會，身在汴京，哪裡有時間去取南方瓷土，因此，才留下了這一條線索；換作是別人，當然很難察覺出這極細微的差別，可惜他的對手，卻是以僞造混飯吃的沈傲。

如此一來，所有的問題都迎刃而解，這瓷瓶絕不可能是真的。

沈傲拿著瓷片，冷笑道：「鄭公子要不要看看，這瓷土是從哪裡來的？」

鄭詩臉色更加難看了，他原本料定沈傲絕是鑑不出這瓷瓶，好給沈傲製造難堪；誰知只須臾功夫，沈傲就已經道出了瓷瓶的真僞。

鄭詩偷偷地瞥了蓁蓁一眼，見蓁蓁全心全意地望著沈傲，那美眸竟是一下子呆了；此刻的沈傲，確實有一種自信的魅力，眼前這個男人，平時嘻嘻哈哈，可是一旦認真起來，那種自信和認真，具有一種強烈的吸引力。

鄭詩心裏冷哼一聲，這一趟來，處處落在沈傲的下風，這個時候也不再矯揉造作，冷笑道：「那麼，沈公子打算如何處置在下？」

鄭詩的心裏並不懼怕，在座的看客俱都是讀書人，沈傲當著這麼多人的面，能做的

就是擺出一副寬容大度的樣子。

哼，輸了就輸了，大不了從這裏走出去之後，圖謀再起，下一次，沈傲還會有現在這樣的運氣嗎？

沈傲呵呵一笑，真摯地走過去握住鄭詩的手，道：

「鄭兄怎麼能這樣說，你我只是切磋較技，至於那些什麼賭注，不過是一句玩笑。憑著你我交情，我怎麼會處置你呢？」

哈哈……鄭詩心裏大笑，果然，這個卑鄙小人絕不會在大庭廣眾之下斤斤計較的。這就好極了，可惜沒有將周恆帶走。不過，以他現在的處境，能全身而退就已不錯了，也不好再奢求其他。

「那麼，鄭某便告辭了。」鄭詩朝沈傲拱了拱手，惡狠狠地瞪了沈傲一眼，心裏道：「異日若有機會，定要你死無葬身之地，還有祈國公府，你們等著瞧吧。」

鄭詩旋身要走，卻被沈傲挽住，沈傲笑嘻嘻地道：「鄭兄請留步。」

沈傲很客氣地繼續道：「鄭兄這麼急著來，又爲什麼要急匆匆地走？我們不是還有一筆賬沒有算清楚嗎？」

鄭詩愕然了一下，才是冷聲道：「沈兄莫非要反悔？」

沈傲一下子變得一本正經起來，微微搖著頭道：「沈傲說過的話，擲地有聲，一諾千金，絕不食言，絕不會追究方才的賭約；不過嘛，就算是親兄弟，也要明算賬才行，雖然沈某人宅心仁厚，寬宏大量，但是有一件事，還要鄭兄說個清楚。」

鄭詩心裏一冷，問道：「請沈兄賜教。」

沈傲道：「鄭兄真的是太學生嗎？」

鄭詩冷哼一聲，不以爲然地道：「是不是，又有什麼干係？」

「當然有干係，」沈傲撕下僞裝，朗聲一笑，朝蓁蓁點了點頭，才道：「鄭兄在蓁蓁面前自稱是太學生，對不對？」

看到蓁蓁一臉疑惑地看過來，鄭詩冷笑道：「就算我騙了蓁蓁小姐，那又如何？」

他的心已經有些虛了。

沈傲搖著扇子，慢慢地在鄭詩面前踱步，不急不徐，悠哉遊哉，給他造成了很大的心理壓力，沉吟許久，才笑道：「那麼，鄭兄僞作是太學生接近蓁蓁小姐，到底是爲了騙財呢？還是騙色呢？」

那一句騙色很刺耳，蓁蓁臉上緋紅，卻很快被師師挽著，師師在蓁蓁耳畔低語道：「看來這個鄭公子不簡單，沈傲也不簡單呢。」

鄭詩保持著鎮定，冷道：「這與你又有何干？」

沈傲搖頭，可惜地道：「鄭兄的話太不客氣了吧，方才我們還是朋友，怎麼一轉

眼，又和我沒有干係了？」轉而陰惻惻地微微笑道：「既然你不認我這個朋友，那麼我也就不客氣了，快說吧，你師父在哪裡？」

鄭詩一愣，語調變得重了幾分，道：「你胡說八道些什麼？」

沈傲搖著扇骨大聲道：「大家快來抓住這小賊，此人就是在祈國公府盜寶主謀的徒兒。」

沈傲大叫一聲，眾人盡都愣住了。

二樓廂房的周正聽沈傲這一喊，立即從小窗探出，朗聲叫道：「快將他拿了。」

上次給那個王相公跑了，周正懊惱不已，此時聽沈傲說這是抓捕王相公的線索，一時也顧不得了。

周正開了口，大皇子連忙道：「快，拿人。」

今日官家微服來訪，趙恆早已佈置了大量的警戒，他這話一出口，頓時許多武士、護衛衝進來，將鄭詩拿住。

鄭詩此刻也很聰明，心知事情敗露，激烈的反抗只會換來拳打腳踢，被幾個護衛按著，一雙眼眸死死地盯住沈傲，冷聲道：「我竟看錯了沈兄，只是要請教一句，沈兄憑什麼誣陷我是盜賊？」

沈傲怡然一笑，高深莫測地道：「猜的！」

眾人無語，不少人面面相覷。

鄭詩冷笑道：「沈兄不是太武斷了嗎？」

「不，不！」沈傲連連搖頭：「一點都不武斷，嚴刑拷打之下，你就會招供了，對付你這種盜賊，這是最好的辦法。」

沈傲當然不是全然沒有證據，只是證據不充分而已，這個人假扮太學生去騙蓁蓁，又對周恆懷恨，此外，還有這商周時期的瓷瓶，種種跡象表明，這人絕對是大盜無疑，因爲瓷瓶的僞造時間，根據沈傲的推斷，絕不會超過一個月，而一個月前，正是汴京城傳出鑑寶大會消息的時候，是什麼人能夠在短短時間內僞造出個瓷瓶來，沈傲想起了一個人，那個唆使趙主事盜寶的王相公。

有了這個懷疑，許多事就好解釋了，王相公不能再露面，被朝廷通緝，自是對祈國公懷恨在心，因而這一次叫上鄭詩前來復仇。

除此之外，還有蓁蓁那裏，只怕這個鄭詩也是被王相公唆使的，蓁蓁的古玩奇珍不少，只要騙取了她的信任，到了那個時候，寶貝奇珍還不是他們的囊中之物？

而且，騙取蓁蓁的手段看似簡單，卻很高明，先是對對手全面分析，再採取應對之法，佈局得很是周密。

爲了以防萬一，先捉了他再慢慢地審，總有他開口的一日。

周正下了樓來，看了鄭詩一眼，低聲對沈傲問道：「這人當真是那盜賊的同黨？」

沈傲篤定地道：「姨父放心，這人就算不是，也與那人有關聯，而且，此人要騙蓁蓁小姐，將他拿了也無人有話說，到時細細地審問，一定會有結果。」

周正點點頭，冷聲道：「把他押到京兆府去，請京兆府的諸位大人審問。」

護衛們應諾一聲，揪著鄭詩出去。

眾人吁了口氣，只覺得今日就像做夢一般，看到了精彩絕倫的鑑寶，也看到了美貌無雙的兩大名妓，連同這護衛捉捕盜賊也沒有落下。

這一回想，便覺得不管是鑑寶、名妓還是盜賊，似乎都和沈傲有關，整個鑑寶會，從太學生出了些許風頭開始，幾乎都是沈傲一人演獨角戲一般，偏偏他們看得是如癡如醉，從正午到了半夜，根本沒有人用過飯，那時候竟也不覺得餓，可是現在，卻覺饑腸轆轆了。

許多人已紛紛告辭，走出這裏的人，都記起了一個名字——沈傲。

第五十章
秀才遇上兵

門子欲言又止，沈傲再三催促，那門子才期期艾艾地道：
「這件事，原本東家是叫我們不准和沈公子洩露的，
只是……沈公子，你萬萬不要向東家說是我說的。」
門子抿嘴不語了，秀才遇上兵，自是吳三兒挨了揍。

門庭許多燈火點起，在星夜之中，點亮了一絲光明；那燈火漸遠，逐漸消失在各條街巷。

沈傲卻沒有走的意思，抱著手，像是在等待著什麼，等越來越多的賓客漸漸散去，疲倦的唐嚴下了樓來，哈欠連連地撫慰沈傲一番；國公自也是拉著他說了許多話，連自己的兒子也差些冷落了，不過周公子巴不得父親冷落他，以免挨揍；倒是那成養性，路過沈傲時，虎著臉看了他一眼，很不客氣地哼了一聲。

再後來就是小郡主和那三皇子下來，小郡主早就昏昏欲睡了，大眼睛朦朧朧的，看到沈傲，頓時精神一振，撇著嘴對沈傲道：「沈傲，你不要得意。」

沈傲連忙很謙虛地說：「不得意，不得意……」明顯是在敷衍這個丫頭。

周紫蘅見他說得還算謙虛，便又打了個呵欠，那小嘴兒一張，噴出如蘭氣息，美眸兒似闔似張的半睡之態，讓人怦然心動。

她眼睛一瞥，看到沈傲身後的蓁蓁，又生氣了，冷哼了一聲道：「哼，你還不走嗎，留在這裏做什麼？」

「噢……這個嘛……」沈傲抬頭去看房梁，覺得不妥，連忙又去望門庭的黑暗處，笑呵呵地道：「今日的夜色很好，不急著回去，倒是你，看起來是睏了，快回去歇了吧。」

沈傲越是這樣說，小郡主就越挪不動步了，心裏不由地想：「這個傢伙在等什麼？莫非要等我走了，和那個叫蓁蓁的女人……」

彷彿一下子發現了新大陸，周紫蘅氣呼呼地道：「我偏不走，今日就住在大皇兄這裏。」

沈傲不去理她，焦急地等待了許久，有些忍不住了，去問小郡主：「大皇子呢？爲什麼一直沒有見大皇子下來？」

周紫蘅道：「你找他做什麼？他又不認識你。」

沈傲怒道：「我管他認識不認識我，不是說這是鑑寶大會嗎？不是說好了有彩頭，有獎勵的嗎？獎勵呢？彩頭呢？」

太慘了，明明鑑寶會都要散場了，可是這彩頭卻還不見發下來，那皇長子也不見露面，沈傲等得心焦啊。

他並不是愛占人便宜，可該是他的東西，他絕不會放棄。爲了獨佔鰲頭，擊敗了這麼多對手，容易嗎？結果冠軍拿了，獎金卻沒有，太打擊人了。

趙紫蘅聽完沈傲所說的話，撲哧一笑，瞬即又勉強自己虎起臉，道：「你這個人……真壞。」

見三皇子在那邊等著自己，趙紫蘅白了沈傲一眼，碎步往三皇子那邊走去；臨末

了，卻又想起什麼，回眸一笑，道：「沈傲，你過來，我有句話要問你。」

沈傲走過去，趙紫蘅咬著唇，低聲道：「我只問你，蓁蓁美，還是我美一些？」

這個問題好有深度，看著小妮子期盼的眼神，沈傲心裏想，莫不是這小妮子受了蓁蓁的美貌刺激吧？

沈傲思索了一下，道：「你是要聽真話還是假話？」

趙紫蘅眼眸一閃，想殺人了，道：「當然是真話。」

她已經有種不好的預感。

沈傲正色道：「蓁蓁姑娘嘛，很美，至於小姐你……其實也還是很美的，平分秋色吧。」

小郡主一聽，生氣了，怒氣沖沖地道：「你在胡說，本郡主難道還比不過一個青樓女子？」

沈傲連忙道：「你這樣說，那我只能說假話了。」

小郡主氣極了，卻又忍不住想聽聽沈傲的假話，便問：「假話是什麼？」

沈傲很真摯地道：「小姐在郡主中是最美的，蓁蓁姑娘在蒔花館中是最美的。」

這句話倒是很中聽，小郡主想了想，便也覺得沈傲的假話頗有道理，便帶著滿意的笑容道：

「這句話總算切合我的心意。」

說著，卻又嗔怒地道：「這次放過你，本來今日是要看你笑話的，誰知又讓你出了風頭，下一次，你記得帶你師父的畫兒來。」說著，便隨三皇子走了。

另一邊的李師師，微微地伸了個懶腰，如貓一般眨著狐媚的眼睛，對蓁蓁道：「我們也回去吧。」

沈傲連忙攔住，道：「師師姐姐且慢，方才你們不是答應了給我唱曲跳舞嗎？總不能食言，是不是？」

蓁蓁抿著嘴不說話，倒是師師咯咯低笑起來，別有一番風情地道：「喂，你這人倒是總記得別人欠你什麼似的，好罷，你要看什麼舞，聽什麼曲兒？」

沈傲想了想，看到有幾個晚走的賓客聽說師師和蓁蓁要唱歌跳舞，立即駐足，饒有興趣的將眼角的餘光瞥過來。

看什麼看，人家又不是給你們跳舞唱曲，沈傲心裏暗暗不爽，便笑著對她們道：「我們去找個清靜的地方吧。」目光一轉，卻看到二樓有人探出頭來，沈傲神色愣了一下，那不是王吉王相公嗎？

沈傲的心裏頓時生出愧意，太不好意思了，接受了他的使命，行書沒有送到，倒是把他的妞給泡了。

不過沈傲又想，他和王相公一見如故，他一定不會怪自己的，朋友如手足，老婆如衣衫嘛，更何況，蓁蓁還不是他的老婆呢。這女人還沒有成爲別人的之前，誰都有追求的權利不是？

這樣一想，那一點殘存的愧疚之心頓時化爲烏有，厚著臉皮朝二樓打起招呼道：「王相公，哈……幾日不見，原來你也在這裏……」

趙佶探出頭，帶著微笑所看的人不是沈傲，而是越過沈傲，目光穿梭在師師和蓁蓁身上，那眼神頗有些曖昧，又好像很有深意地在眨眼睛，直到最後，才落到沈傲的身上，道：

「原來是沈公子，沈公子何不上來坐坐？」

這個王吉的身分，果真不一般啊，想必是大皇子的座上賓，說不定還是個皇親國戚呢。

沈傲哈哈一笑，也不扭捏，對蓁蓁、師師道：「二位小姐先走吧，下一次我去蒔花館聽你們的曲兒，看你們的歌舞。」

得趕快把她們趕走，尤其是蓁蓁，別讓她上了樓，否則大家的面子都不好看。

蓁蓁鼓足勇氣，道：「沈公子不是要聽我唱曲兒嗎？這時候爲什麼要趕我們走？」

蓁蓁的表情幽幽的，頗有些不捨。

周恆在邊上一直沒有說話，這時候一聽，噢，明白了，蓁蓁姑娘要唱曲，表哥卻攔著，表哥也太坐懷不亂了吧，不行，肯定是表哥不好意思，要拒絕兩下，表現自己的高尚。這個壞人，還是由他周少爺來做吧，表哥也很辛苦的，總不能什麼事都讓他親力親爲。

周恆大義凜然地站出來，道：「表哥，這就是你的不對了，蓁蓁姑娘望眼欲穿的想在你面前唱支曲兒，要和你切磋歌舞，你怎麼能拒絕呢？這事我做主了，蓁蓁姑娘不能走。」

周恆跟著沈傲久了，也學會了那麼一點沈傲的無恥，可惜這傢伙會錯了意，以爲沈傲是故作姿態，讓身爲表哥的沈傲頗有些騎虎難下的感覺。

這個時候，趙佶笑著下了樓來，對沈傲拱手道：「沈公子爲何遲遲不上樓？」

沈傲大感慚愧，正要說什麼，卻聽到師師幽怨地道：「沈公子正要趕我們走呢，想起來真是氣人，我們姐妹倆就這樣討人嫌嗎？王相公，你來評評理，他這樣做，是不是瞧不起我們？」

王吉爾雅一笑，道：「正好，正好，我們一道上去，我和沈公子是好朋友，和兩位小姐……咳咳……也有數面之緣，這大皇子與我相交甚篤，他不會見怪的，沈公子，請吧。」

沈傲心裏有些不情願，卻只能硬著頭皮道：「好吧，我也正想和王相公好好談談。」

眾人上了樓，在廂房落座，師師便道：「奴家願賭服輸，願爲沈公子舞上一曲，如何？」

既來之則安之，反正臉皮厚，被王相公戳穿了也沒什麼大不了的，沈傲恢復了從前的神態，高聲道：「不，我要先聽蓁蓁唱曲。」

蓁蓁面色緋紅，嗔怒道：「師師姐姐的曲兒唱得更好。」

沈傲搖頭晃腦地道：「蓁蓁啊，我這也是爲了你好，你擅舞蹈，那麼唱曲兒一定略顯不足，叫你來唱，是讓你取長補短，彌補自身不足，這樣才有進步的空間；你要明白我的一番苦心才是。」

沈傲胡亂的瞎扯幾句，瞄了王吉一眼，王吉頓時也叫好起來，道：

「沈公子說得不錯，師師的曲兒，蓁蓁的舞蹈都是最好的，卻都沒有看師師跳舞，蓁蓁唱曲兒，有意思。」

見王吉支持沈傲，蓁蓁面色又是一紅，便問：「沈公子想聽什麼曲兒？」

沈傲沉吟了一下，才道：「我要聽《羅江怨》。」

蓁蓁愕然了一下，她精通的曲目何止千萬，可是叫《羅江怨》的曲兒卻從未聽說，不由地問道：「恕奴家孤陋寡聞，不知這《羅江怨》是什麼曲目？」

沈傲曾聽過一些古代曲目，尤其是明曲，頗有些意思，便吊起嗓子唱了起來：

「臨行時扯著衣衫，問冤家幾時回還？要回只待桃花、桃花綻。一杯酒遞於心肝……那時方稱奴心、奴心願。」

他的嗓音還好，只是調子有些走形了，眾人聚精會神的一聽，頓時明白了曲中的意思。

曲中的妻子，先扯著老公的衣衫，問他什麼時候回家；這是無限留戀和不捨地詢問。然而，一個溫柔的妻子是不會到此為止的，她還端過來一杯酒，然後，雙膝跪在丈夫的身前，千百次的囑咐：過橋的時候，要從馬上下來，防止馬失前蹄出現意外；坐船擺渡的時候，一定不要爭先，安全最重要；要對自己忠誠，不要做荒唐事；事情辦好了，趕快回家，我思念你，在煎熬中度日如年。只有丈夫平平安安地回家了，妻子才是了了心願。

蓁蓁和師師情不自禁地聽得呆了，眼眸彷彿穿過了虛空，只見出現了一幕幕的情景，那妻子遞過的酒是熱的，跪在身邊無限溫存，行路平安，都是細節小事，還要千百次反覆囑咐，反覆叮嚀，此情此景，此言此語，此酒此心，哪個男人的心不會被融化掉？

這詞兒雖然直白，沒有太多的隱晦，可是這些直白的詞湊在一起，便充滿了感染力，華麗的詞藻雖然優美，但如此直白的詞，卻比充滿了情感的詞更震撼人的心靈。

蓁蓁目光一亮，心裏便想：「這詞是沈公子做的嗎？看來他並不只會唱淫詞呢。」便帶著興致地對沈傲道：「沈公子能否再唱一遍，讓蓁蓁記住。」

沈傲道：「不如我將它寫出來吧，就當是送給蓁蓁的禮物。」

王吉聽說沈傲要寫字，忙道：「我叫人去拿筆墨來。」

一旁的周恆心裏頗有些不太樂意，好好的聽曲兒、看跳舞就是，表哥非要把詞兒寫下來，春宵一刻值千金啊，寫著，寫著，許多事就耽誤了。

筆墨送過來，沈傲屏住呼吸，手提著筆，朝王相公努嘴，道：「王相公，麻煩一下。」他一點慚愧的意思都沒有，那意思就是，麻煩王相公幫忙來研下墨。

師師見沈傲這般頤指氣使的模樣，趙佶又作聲不得，頓時掩嘴偷笑，一雙狐媚的眼眸拋向趙佶：「王相公，還不快給沈大才子研墨。」

趙佶略略浮出一絲尷尬，頓時又煙消雲散，慨然笑道：「好，好……」便捋起袖子動手了。

沈傲一看，王相公的姿勢不太對啊，這是磨墨嗎？磨磚還差不多，看來這個傢伙也是個吃貨，和表弟差不多。

沈傲的心裏頓時不由地感嘆起來，哎，世上像他這樣全能的才子已經不多了，便道：「還是讓蓁蓁來吧，蓁蓁的手巧，研出來的墨汁飽滿。」

沈傲帶著一點好意，不忘教訓趙佶一頓，道：「王相公啊，做男人的，怎麼能四體不勤呢，往後要向我多多學習，多一門手藝，就多口飯吃。」

趙佶哭笑不得，換上了蓁蓁。

沈傲吸了口氣，今日確實有些倦了，行書之前，得先提起一些精神，想了想，便選定了董其昌的書法，蘸了墨，便提筆書寫。

董其昌的書法集各家所長，是最容易讓人接受的，既有飄逸之美，又細膩圓潤，方方落筆，趙佶神采飛揚，高聲叫了好字，道：

「看沈公子行書，筆舞龍蛇，不看字，只看下筆的姿態，就已沉醉了。」

趙佶說的話，沈傲是一句也沒有聽見，他但凡做起事來，周遭的事物彷彿一下子都會靜止，那種專注、認真，卻是將蓁蓁吸引了。

等到詞兒一筆呵成，蓁蓁率先道：「沈公子的字寫得真好。」這一句由衷的讚嘆，倒是頗得大家的贊同，除了昏昏欲睡的周恆之外。

趙佶爲沈傲的行書吹乾墨跡，小心翼翼地捧起來，愛不釋手地道：「沈公子，不知這是什麼字體，王某還真的是見所未見。」

隨即，趙佶情不自禁地嘆了口氣，相較他的瘦金體，明顯這手行書顯得更高了一個層次。

若說趙佶的瘦金體開創了行書的一種鶴體風格，那麼董其昌的書法，則是彙聚了歷代名家的特點，幾乎挑不出任何的瑕疵。

趙佶一邊看著行書，另一邊卻是在想，這個少年，明明不過十七八歲，可是偏偏不管在鑑寶還是行書之上，總有一股大家風範，莫非他蹣跚學步時就開始學習行書、鑑寶了？否則，又如何會有這樣的純熟？

越是想，越是覺得奇怪，讓人百思不解，趙佶在心裏苦笑一聲，只怕這只能用天縱英才來解釋了。

倒是師師和蓁蓁，看到沈傲寫的《羅江怨》的詞兒，竟是有些癡了，詞中所表達的情人分離之情，躍然紙上，千叮萬囑之中，帶著一種淡淡的哀愁。

按著沈傲的曲兒，蓁蓁開始唱起來，連那趴在桌上呼呼大睡的周恆也被這好聽的歌調驚醒，而大飽耳福。

蓁蓁的嗓音清麗，曲聲婉轉纏綿，《羅江怨》在她櫻桃口中唱出來，竟是多了幾分愁離，眾人聽得癡了，沈傲指節敲擊著節拍，一時間也被這曲聲惑住，思緒不由地飄得很遠，兩世爲人的許多景象歷歷在目，嘆聲連連。

蓁蓁唱完了曲兒，亦被自己所唱的觸動，元明的曲調比之兩宋又有了新的突破，最重要的是拋棄了繁複的辭藻，多了幾分悲歡離愁，女孩兒家多愁善感，俏臉上頓時生出些許幽怨之色。

望向沈傲，蓁蓁道：「沈公子作的曲兒真好。」

蓁蓁口上這樣說，心裏不由自主地想到那一夜沈傲嘻嘻哈哈地做淫詞的模樣，同樣是作詞，爲什麼總覺得那個沈公子和現在的沈公子是有那麼大的不同呢？

周恆在旁大煞風景地道：「詞的意思，是不是丈夫要去遠遊，妻子依依不捨？哎，好曲兒啊好曲兒，最妙的就是那一句『在外休把閒花戀』，哈哈……」

周恆說罷，笑得很曖昧，很有深意。

沈傲頓時無語，他先是一聽，以爲周恆近來學問見長了，跟著自己，連內涵都得到了昇華。可聽了後半句，頓時愕然，本性難移啊。

師師卻是笑道：「周公子這一句說得真好，在外休把閒花戀，嘿嘿……王相公，你覺得如何？」

趙佶一聽，師師這是意有所指啊，師師不就是閒花嗎？她是在調侃自己呢，這意思不就是說他有了三宮六院尚不知足，偏偏要來尋她。

做皇帝的臉皮都比較厚，頓時眼觀鼻鼻觀心，一副老僧坐定，無欲無求的模樣，道：「是，是，師師小姐說得對極了。」

蓁蓁咬著唇，沉默片刻，道：「沈公子若是肯，這詞兒便贈給蓁蓁吧。」

沈傲哪有不肯的道理，道：「這本就是要送給蓁蓁的，蓁蓁若要，就是更多首都是肯的。」

蓁蓁一喜，連忙將那詞兒收了。

師師嗔怒道：「沈公子太偏心了，送了蓁蓁，奴家怎麼辦？」

沈傲道：「好，我也為你作一首曲兒。」想了想，吊著嗓子唱：

「小尼姑年方二八，正青春，被師傅削了頭。每日裏，在佛殿上燒香換水，見幾個子弟遊戲在山門下。他把眼兒瞧著咱，咱把眼兒覷著他。他與咱，咱共他，兩下裏多牽掛。冤家，怎能夠成就了姻緣，死在閻王殿前由他。把那碾來舂，鋸來解，把磨來挨，放在油鍋裏去炸，啊呀，由他則見那活人受罪，哪曾見死鬼帶枷？啊呀，由他，火燒眉毛且顧眼下。」

沈傲唱起來很純真，完全是以藝術的角度放聲高唱。

只是這一唱，趙佶、蓁蓁都笑了，周恆來了勁，拍手道：「這曲子好……好極了，表哥，你這樣一唱，害我忍不住想去白衣閣外閒轉了。」

白衣閣便是開封城外的尼姑庵，周恆這一叫，沈傲也興致勃勃起來，高聲道：「同去，同去。」

趙佶笑得連手中的扇骨都拿捏不住了，捶胸頓足的道：「算我一個，我也隨你們去，哈哈。」

蓁蓁和師師俱都嗔怒道：「你們敢！」

嘻笑怒罵了一陣，又看了師師跳舞。

師師的身段極好，那一顰一笑之間花枝招展，美臀兒一扭，幾乎將人都看得酥了，沈傲連連暗叫罪過，罪過，很純潔地用手去擋眼睛。他太單純了，別說是看這樣美豔無雙的舞蹈，就是想一想，都覺得罪過；不過，那妙曼的舞姿最終還是穿過指縫，映入沈傲眼簾之中。

到了子夜，蓁蓁和師師俱都疲了，便要告辭，趙佶餘興未盡，卻也知道她們的辛苦，叫了馬車送她們回去；少了兩個絕色美女一解風情，三個大男人乾坐著，大眼瞪小眼。

沈傲心裏想，這個王相公非同一般，能叫皇長子府裏的人送蓁蓁、師師回去，一定和皇長子是關係極好的了；想起心頭那還沒有解決的問題，厚著臉皮問：

「王相公，你和皇長子殿下是不是很熟？」

趙佶微微一愣，問道：「沈公子有何見教？」

沈傲道：「不知這皇長子去哪兒了？爲什麼現在還未現身，若是你撞見他，一定記得知會他一聲，那個……這個……鑑寶會的獎勵，可莫要忘了。」

趙佶連忙道：「這件事好說，過兩日我撞見他，一定提醒他，沈公子鑑寶鑑得那麼辛苦，怎麼能沒有獎勵？想是殿下忘了。」

「這就好，這就好。」沈傲心情大好，道：「這裏坐得太悶，我們去邃雅山房喝茶吧，哈哈，今日我請客。」

他總算是大方了一回，頓時連那臉色都變得神聖起來，拍著趙佶的肩道：「王相公要吃什麼喝什麼，我來買單，不要客氣。」

趙佶便笑道：「這可是沈公子說的，今夜索性不睡了，和沈公子到邃雅山房去坐待天明。」

三人走出廂房，出了皇長子府邸，便看到幾個護衛直勾勾地看著趙佶，隨即一愣，跟隨過來，趙佶虎著臉回眸：「回去告訴皇長子殿下，就說我走了，你們不用送，各司其職即是。」

護衛們皆露出一副很爲難的樣子，沈傲卻已攬住了趙佶的肩，頂著稀疏的月色，哈哈大笑：「和他們有什麼說的，我們走。」

「對，走。」趙佶笑著附和道。

周恆卻頗有些遺憾地道：「可惜白衣閣距這裏太遠，否則咱們……嘿嘿……」

沈傲虎著臉教訓他：「表弟，你的思想太齷齪了，小尼姑就招你惹你了嗎？你就這麼迫不及待地要騙她們的清白？」

趙佶也道：「是啊，是啊，要騙，也要騙金慧寺的尼姑。」

沈傲忍不住笑了起來，道：「看來王相公很有心得，莫非金慧寺的尼姑比白衣閣的姿色要好？」

趙佶正色道：「沈公子莫要胡說，我是有妻室的人，怎麼會有這樣的想法？」

王相公的謊話說得好大，好無恥，不過沈傲喜歡，朗笑道：「先不管這些了，我們喝茶去。」

就在這暗夜籠罩的街巷，三人晃晃悠悠地閒走。

每到夜裏，禁軍便會宵禁，不過沈傲不怕，大不了把周恆拿去給禁軍們做抵押，明天再通知姨父去保人出來。

到了邃雅山房，大門緊閉，沈傲去拍門，裏面有個門子惺忪地揉著眼睛，將大門開

出一條縫隙，口裏罵罵咧咧道：「哪個鳥人半夜來喝茶，快走，快走。」等看清了是沈傲，微微一愣，又換了個臉色：「原來……原來是沈公子，快，請，我去知會東家一聲。」

門子掌了燈，廳堂裏頓時通亮起來，沈傲止住那門子道：「不必叫三兒了，明日我再和他說話，讓他睡吧。」

門子點頭道：「是啊，是啊，其實東家很辛苦的，尤其是這幾日，哎……」抿嘴不說話了。

沈傲追問：「莫非發生了什麼事？」

門子欲言又止，沈傲再三催促，那門子才期期艾艾地道：

「這件事，原本東家是叫我們不准和沈公子洩露的，只是……只是……，沈公子，你萬萬不要向東家說是我說的。」

他頓了頓，繼續道：

「是這樣的，前些時日，有人在咱們邃雅山房的臨街開起了一個酒肆，原本開酒肆也沒有什麼，只是咱們邃雅山房都是才子們喝茶的所在，那酒肆離我們山房那麼近，過往的客人又大多是些粗人，喧鬧個不停，撒潑、發酒瘋的，從清早鬧到夜裏去。這樣一來，有不少才子便不願意到我們這兒來喝茶了。

東家心急如焚，便想著去和那酒肆的東家交涉，誰知那東家竟是城裏的潑皮，聚攏了不少伴當，前幾年欺負四鄰，倒是賺了些錢財，如今起了做生意的主意，便開了那家酒肆，又召集了不少潑皮去喝酒，那酒肆的東家聽了我們東家的話，自然不肯，說是打開門做生意，各家顧各家，邃雅山房生意下落了，和他們沒有干係。東家還想繼續和他理論，誰知他……」

門子抿嘴不語了，秀才遇上兵，自是吳三兒挨了揍。

沈傲大怒，鐵青著臉道：「這麼大的事爲什麼不早說？真是豈有此理，光天化日，那潑皮竟敢打人？好，好極了，你去把吳三兒叫來。」

沈傲方才還不忍叫醒吳三兒，這一下怒火攻心，便不顧這些了，吳三兒挨了打，這個仇一定要報，而且非報不可。

第五一章

官商總是勾結

官商但凡勾結起來，許多看似複雜的事情就顯得簡單多了。

李捕頭在京兆府雖只是個鬼卒，權力卻是極大，

沈傲砸了店，不啻於砸了李捕頭的飯碗，

所以沈傲不管怎麼說，李捕頭要追究的，就是砸店之罪。

吳三兒下了樓來，見到沈傲，有些躲躲閃閃，沈傲走過去，一看，在燈火映射下，他的左頰處多了一塊顯眼的淤青，眉頭一皺，凝重地看著吳三兒道：「這是怎麼回事，你說個清楚。」

吳三兒陪著笑臉道：「沈大哥，你好好讀你的書，生意的事，我來處置便是。」說著又叫門子去把人叫起來，爲沈傲幾個斟茶、做些糕點。

四人找了張桌子坐下，趙佶之前一直默然不語，此時見吳三兒淒慘的樣子，心有不忍，忍不住地道：「吳東家，那人竟在光天化日下打你，你爲何不去報官，讓官府來處置，豈不是更好？」

話音剛落，其餘三人都是奇怪地望著趙佶，周恆的心是最藏不住事的，大聲道：「王相公，你連這點人情世故都不懂？那幾個潑皮若是在官府不認識人，只怕早就被人法辦了，否則能在汴京橫行這麼多年嗎？」

周恆簡直把沈傲心裏話說了出來，沈傲心裏想，表弟還是懂點事的，雖然不愛讀書，卻也不是個蠢蛋；這個王相公嘛，風雅倒是有的，就是有點兒書呆子了。隨即又想，書呆子好啊，書呆子純潔，好糊弄，和他交朋友，不用太擔心會被他耍陰的。

趙佶被周恆一說，頓時面帶慚色，道：「你是國公世子，他們就算官府裏有人，也不必怕他們吧？」

周恆苦笑道：「我倒是不怕他們，可是他們也不怕我啊，我要是和他們去鬧了個滿城風雨，明日我爹一定會打斷我的腿。」

沈傲很理解周恆的苦衷，這個國公世子雖然有時候有點小小的囂張，可是做人卻不過分，家教太嚴，想做個衙內而不可得，悲哀啊。

沈傲沉吟片刻道：「明日我們去找他們，先禮後兵。」

周恆怒了：「還和他們禮個什麼？不給他們點顏色看，他們還真以爲我們是好欺負的。」

沈傲搖頭：「表弟，你不要衝動，先禮，是先去摸清他們的路數，不打無準備的仗，看來今夜是不能坐待天明了，大家都去睡覺，養足精神，要鬧，就鬧個天翻地覆。」隨即又向趙佶道：「王相公，實在抱歉，今日不能再作陪了，明日清早，你就請回吧，下次再請你喝茶。」

趙佶覺得此事有趣，心裏想：「不知這個沈傲又要用什麼辦法去對付那些潑皮，朕且看看。」想著，便即正色道：「沈公子既然有麻煩，我豈能袖手旁觀，明日我隨你們一起去。」

話音剛落，趙佶心裏還是有那麼一點發虛，往日他到哪裡，扈從禁衛便簇擁過去，別說犯險，自出生起，他從不知畏懼爲何物。只是想到明日要與沈傲去會幾個潑皮，再

去看吳三兒臉頰上的傷痕、淤青，心中既覺得刺激，又生出一絲難以莫名的畏懼。

沈傲頷首點頭：「王相公是個好漢子，夠義氣。」說罷，拍了拍趙佶的肩道：「那麼都早些去睡吧，有了精神，再和他們周旋。」

邃雅山房的客房不少，倒是不擔心三人的寢臥問題，當夜，在這裏睡了充足，清早起來，漱口、洗臉之後，周恆來叫門，沈傲先吩咐他去尋了可靠的人去國子監裏告假，又去叫趙佶一起去吃了早點，喝了早茶。

看時候差不多了，沈傲便站起來道：「到了那裏，你們既不要慌，也不必動怒，一切聽我的安排。」

吳三兒過來，擔憂地道：「沈大哥，我已安排了七八個店夥，這些人個個都很精壯的，讓他們陪著你去，可好？」

沈傲搖頭道：「你安心在這兒待客，放心吧。」

對方是潑皮，白刀子進紅刀子出的凶惡人物，帶這些店夥去擺擺架勢還可以，真要他們動手，只怕早就給嚇得屁滾尿流了。

安慰了吳三兒幾句，便領著周恆、趙佶二人出去。

那酒樓離邃雅山房只有幾步之遙，前幾次來時，沈傲並沒有注意，這時從邃雅山房出來一看，便看到半空飄揚的酒旗招展，再走近一些，便聽到嘈雜的酒令、吵鬧聲。這裏顯然是低檔酒肆，招待的都是販夫走卒，吵鬧得很，而邃雅山房就在不遠，這邊一鬧，那邊想要清靜喝茶的客人自然就坐不住了。

原本這種事也沒有什麼，大家打開門來做生意，沈傲也絕不會跋扈到不許別人開業，只是吳三兒好意去交涉，卻換來一頓拳腳，那麼這件事就不容易干休了。

進了酒肆，便聞到一股濃重的汗餿劣酒的氣味，廳堂擺了十幾張桌子，已有三桌客滿了，現在只是清晨，酒客不多，卻也吵鬧得不行，一個醉酒的酒客醉醺醺地將腳架在凳子上，噴吐著酒氣大聲咧咧，旁若無人。

有店小夥笑吟吟地迎過來，高聲道：「客官要點什麼？」

沈傲搖著扇子，笑嘻嘻地道：「叫你們掌櫃來，我有筆生意要和你們掌櫃的談。」

那店小夥一愣，打量了沈傲三人一眼，這三人都穿著儒衫，身分似是不低，一身行頭竟不下幾貫錢，看來也不像是來這種地方光顧的酒客，便笑嘻嘻地道：「不知公子要談什麼生意？」

沈傲虎著臉，怒道：「你是個什麼東西，談什麼生意也要說與你聽嗎？叫你們掌櫃的來說話。」

沈傲擺的架子越大，這店小夥反而越沒底氣，店小夥的心裏不由地在想：「此人來頭不小，還是叫掌櫃來吧。」告了一聲饒，便急匆匆去後院叫人了。

三人找了張桌子坐下，沈傲對周恆道：「表弟，你過來，我有話吩咐你。」

周恆湊過去，沈傲對他耳語幾句，隨即拍拍他的背道：「去吧，把這件事辦成了，就算大功一件。」

周恆笑著道：「好，我這就去。」說罷，一溜煙地走了。

趙佶暗暗奇怪，問道：「沈兄，周公子是去做什麼？」

沈傲賣了個關子：「等下王相公就知道了。」

過不多時，那掌櫃來了，這掌櫃倒也生得白淨，不像潑皮，更像是個書生，斯文地走過來朝沈傲拱了拱手，隨即落座，道：「不知公子要談什麼生意？」

沈傲伸腰搖著扇子，望都不望他一眼，很是倨傲地道：「本公子今日要在這裏請客，只是這裏的桌子太少，就怕擺不下，樓上可有廂房嗎？」

沈傲表面上沒有絲毫的情緒波動，一副富家公子眼角朝天的模樣，心裏卻是一凜，看來這潑皮不簡單，流氓不可怕，就怕流氓有文化，難怪這人能從街上廝混到如今開起一家酒肆來，生意也是出奇的好，只怕這人的智商也不低，屬於有文化的那種潑皮。

不可小視，不可小視啊。

這掌櫃的聽說沈傲要請客，眼眸頓時放出光來，忙道：「公子要請客，只是不知有多少人，只要公子願意，酒肆裏騰出些地方來總是有的。」

沈傲搖著扇子不耐煩地道：「少說也有幾百吧，你若是擺不下位置，就算了，我尋另一家去。」

這樣一說，這掌櫃哪裡肯讓沈傲走，咳咳唇，心裏計算起來，道：「擺得下，這裏一共是三層，我叫夥計多添置一些桌椅來，一定叫公子滿意。」

說著叫來一個店夥，囑咐幾句，又掏出一些錢，讓那店夥去了。

沈傲又道：「只是不知你這裏的酒菜是個什麼價錢，能否拿我看看？」

掌櫃堆笑道：「酒錢好說，尋常的黃酒也不過一個銅錢一碗，至於菜嘛，則要看公子要點什麼菜了。」

掌櫃倒是沒有矇沈傲，一般的酒肆都會提供些價格極低的劣酒吸引顧客，等顧客來了，自然還要上菜，所以酒肆的利潤大多都在菜上，至於酒，是幾乎沒有盈利的。

沈傲一副財大氣粗的樣子，揮了揮扇子道：「不必看了，等我朋友來了再說，掌櫃的，你去準備吧。」

等掌櫃走了，趙佶心中更加奇怪了，疑惑地看著沈傲問道：「沈公子，這些潑皮欺負了你的朋友，你爲何還給他們生意做呢？」

沈傲冷笑道：「王相公拭目以待，等著瞧吧，總教他們吃些苦頭的。」

趙佶有些坐立不安了，他錦衣玉食，哪裡到過這樣的酒肆喝酒，有店夥端了一碗黃酒上來，只聞那氣味，便覺得有些作嘔，若是平時，早就拂袖去了；偏偏心裏有萬般的好奇，想看看沈傲到底賣的是什麼關子。

過不多時，果然有店夥帶著許多人搬來了不少桌椅，想來那掌櫃不想失了這筆大買賣，特意叫人去買的。

有幾個酒客要進來，也被店夥攔住，很抱歉地說已經客滿，叫他們到別處去喝酒；那客人一聽，往裏面一看，頓時就火冒三丈，口裏說哪裡客滿了？這裏明明有這麼多空位，大爺們有錢，連酒水都沒的喝嗎？

這些店夥想必就是那掌櫃的伴當，平時迎客時笑嘻嘻的，可是趕客時，卻又是一番嘴臉，惡狠狠地道：「快滾，快滾，再來胡鬧，小心打斷你的狗腿。」

酒客一聽，噢，原來是黑店，灰溜溜地跑了。

沈傲在旁看得心裏爽極了，笑著繼續搖著手上的扇子。

等了許久，酒肆裏的客人倒是零星走了，可是沈傲的客人，卻是左等右等，總是不來。

添置的座椅帶著新漆和木香，混雜著劣酒的氣息，漸漸混成了一陣難聞的臭氣。

那掌櫃又返身回來，這時候的臉色有些不好看了，他叫張章，原來家裏也是有些薄財的，雖長得斯文，卻只愛槍棒不愛讀書，後來家裏落敗了，更是和一些潑皮廝混。

張章頗有頭腦，再加上好勇鬥狠，很快便聚集了不少城中潑皮，在汴京城也算橫行一時。這些年攢了一些錢財，他的腦子又活絡，知道這樣廝混下去也不是辦法，便帶著伴當在這兒開了家酒肆，平日招呼一些潑皮和販夫走卒來喝酒，生意竟也十分紅火。

今日爲了這筆大買賣，張章可是下了本錢的，他看沈傲的模樣像是個有錢的公子哥，口氣也大，要包下全場；張章在心裏計算過，若是賺得好了，怎麼也有幾十貫的盈利。

想到這個，張章自然心熱起來，這時見沈傲的客人遲遲不來，便有些著急了，他是不肯吃虧的，若是沈傲敢糊弄他，必不肯甘休。

張章走到沈傲身邊，勉強扯出了些笑容，道：「公子，你的客人怎麼還沒來？是否先點菜，好叫廚房那邊預作準備。」

沈傲搖頭：「不必，我自有主張。」

張章暫時拿他沒辦法，未到最後，他也不能輕易得罪了沈傲，只好訕笑著走開了。

一直等到晌午，日頭越來越大，張章忍不住了，從後堂過來，這一次不再客氣，冷聲道：「沈公子，你的客人呢，你耽誤了我半晌的生意，若是你朋友不來，咱們的帳怎

麼算？」

沈傲不以爲然地笑道：「急什麼，就快來了。」

張章冷笑道：「你可莫要欺人，否則管你是相公、公子，進了我的店，今日便休想糊弄完我之後安然走出去。」

恰在這個時候，門外人聲鼎沸，竟是有許多人來了。最先進來的是周恆，周恆大笑著朝門外道：「都進來，進來，沈公子請你們喝酒。」

張章心中一喜，瞧這架勢，這客人沒有幾百，也不會少於三位數，朝門外一看，頓時怒了。

只看到呼啦啦的人頭攢動，衝進來的人竟是連綿不絕，再看這些人，一個個蓬頭垢面，衣衫襤褸，有提著破碗的，有拿著木棍的，有拄著拐杖的，全是乞丐。

這些乞丐聽說有人請酒，自然一呼百應，頃刻之間，門檻都要踏破了，進來之後，還有那麼一點兒心虛靦腆，周恆在邊上一煽動，這些人便像瘋了一樣，整個酒肆竟是一下子被這些人爆滿了。

沈傲將紙扇一收，中氣十足地道：「掌櫃的，拿酒來，本公子請客，在座的兄台，每人一碗酒水，快教人拿酒上來，不可怠慢了我的客人。」

張章臉色青白，怒道：「你好大的膽兒，竟敢來我這裏撒潑？你也不打聽打聽，這汴京城，我張某人是好欺的嗎？」

沈傲嘲弄地笑道：「這倒是奇了，你是打開門做生意的，我要在這裏請客，你非但不好好招待，卻惡言相向，你不是好欺的，本公子又是好欺負的嗎？」

只說話間，那些乞丐已等不及了，有些人肚中空空，一日都沒有食物果腹，拍著桌子大叫道：「店家，上酒，上酒。」

橫的怕硬的，硬的怕不要命的，這些乞丐足有數百人，烏壓壓的到處都是，別看平時他們畏畏縮縮，如過街老鼠，可是此刻人多勢眾，再加上沈傲又要請酒，膽氣也上來了，紛紛鼓噪，可惜這酒肆的桌子上，一下子不知多了多少黑印、汙漬。

張章見過的場面多，卻從來沒有遇見過這等事，頓時氣急敗壞地擺出潑皮頤指氣使的模樣，高聲大吼：「都滾出去，這裏不招待你們這些狗東西。」

乞丐們頓時氣短了一截，走又捨不得，不走又有些畏懼。

沈傲站起來大聲道：「走什麼，本公子請客，今日教你們在這裏吃飽，你們是客人，怕個什麼，誰也動不了你們一根毫毛。」

沈傲這樣一說，乞丐們的饞蟲便跑出來，紛紛呼應道：「公子說得對，我們是客人，店家，不要囉嗦，上酒來。」

張章沉著臉，心知道這些乞丐是不會走了，冷笑著對沈傲道：「公子既然敢來，那我

也就不客氣了。」旋身回到後堂去，過不多時，竟氣勢洶洶地帶了四五個伴當出來，人人提著棍棒，惡狠狠地朝沈傲道：「狗東西，今天惹上了我，算你瞎了眼。」

沈傲搖著扇子連忙閃到一旁，笑嘻嘻地道：「怎麼？要動手？啊呀呀，君子動口不動手嘛，大家有話好說；諸位丐幫的兄台，你看看，我好心請你們喝酒，這店家竟是拿了棍棒來趕你們，這是什麼道理，這酒，還要不要喝？」

丐幫？沒聽說過，不過，這個公子對他們挺尊重，一口一個兄台，叫得好舒服，立時一群人轟然應道：「要！」

「古有孔明借東風，今有沈傲借乞丐，哈哈……」沈傲得意一想，彷彿兩軍交陣之前的大將軍，高聲道：「可是店家要打我們，我們該怎麼辦？」

有沈傲煽動，再加上乞丐們受了店家的侮辱，平時沒錢的時候沒有底氣，自是不敢進這店鋪，今日聚了這麼多人，而且是人家公子出錢，店家竟這麼囂張，乞丐們雖然沒有錢財，卻也不是好欺的。頓時便有人大呼：「打！」

不知是誰第一聲叫出來，乞丐們便呼啦啦地衝過去，不過搶劫的居多，打人的卻少，乞丐嘛，肚子餓得極了，什麼事做不出？更何況是罪不責眾，頓時整個酒肆已是混亂起來。

張章和幾個伴當瞬間便被乞丐淹沒，許多乞丐搬桌子的搬桌子，砸瓷瓶的砸瓷瓶，尋酒缸的尋酒缸，猶如狂風一捲，頃刻間這酒肆便空空如也。

「喂喂喂……諸位兄台，不要亂搶嘛，你把人家的凳子都帶走了，教人家以後還怎麼打開門做生意？這是違法的知道嗎？哎，哎，還有你，笨啊，連搬東西都不會搬，人家拿桌子椅子抱著酒罈子，你拿一個酒盅做什麼？太沒出息了。」

沈傲靈巧得很，那些乞丐一衝過去，便拉著周恆、趙佶出了酒肆，在門口一邊看，一邊說著風涼話。

哈哈，管他什麼潑皮，遇見了這些光腳的乞丐，又能如何？

「哇，王八蛋，你搬東西就是了，居然還燒人房子，你的火石從哪裡拿來的，喂喂，快滅火啊。」沈傲張口大喊，看到有火苗在躥，連忙將手捲成喇叭狀，高聲大喊：「失火了，失火了，救火，快來救火啊。」

這一聲叫，便將更多的人引來，裏三圈外三圈，救火的沒有，看火苗躥起的倒是大有人在。

周恆大笑了起來，直笑得捂住肚子，忍不住地道：「表哥，你看，那裏有個兄台竟拿了一個夜壺，哈哈……」

沈傲一看，果然一個小乞丐抱著夜壺衝出來，很是興奮地撒丫子跑了。

趙佶心裏既覺得有些害怕，又有點兒刺激，好在他還矜持得住，捋著鬍鬚，只是冷眼旁觀。

沈傲朝圍觀的人群大喊：「街坊鄰居們，不要看著，快救火啊。」

人群頓時後退三尺。

沈傲不斷搖頭：「世風日下，世風日下，人心隔肚皮啊，掌櫃這麼好的人，平時這些人沒少到這兒喝酒，你們就捨得見死不救，太壞了。」

這時，人群有了鬆動，一個捕頭帶著不少差役過來，那捕頭沉著臉，看到許多乞丐胡作非爲，正要叫差役們拿人。

沈傲眼尖，已經大叫起來：「喂，官差來了，你們這些目無王法的東西，官老爺一來，將你們一個個都捉起來，送到衙門去，發配嶺南。」

這一聲大吼，正好給乞丐們起了通風報信的作用，那乞丐們一聽，頓時各自逃開。差役們想去拿人，可是逃的人多，且又是乞丐，混入人群，一下子就不見了，只好做做樣子，把人全部驅走。

只是那火卻是越燒越旺，沈傲走到那捕頭跟前，朝捕頭抱拳：

「不知大人怎麼稱呼，哇，學生是這次劫掠事件的第一目擊人，身爲掌握了第一手資料，親眼目睹壞人行凶的大宋良好子民，學生不能袖手旁觀，要爲這家店的主人討回個公道。」

這捕頭冷哼一聲，火光映入他的眼眸，彷彿也熊熊燃燒起來，冷聲道：「滾開，官差辦案。」

辦案，辦你個頭啊，站在這裏瞧熱鬧，連第一目擊證人都不理，你也太踐了。不過，這個捕頭倒是有點不同，彷彿這家店燒了，燒的是他家似的，有必要嗎？

沈傲這樣一想，頓時明白了什麼，便笑道：「大人好威風，學生很佩服，有大人這樣的幹吏保護我們汴京城的安全，學生感到很安心。」

說罷，沈傲便退到一邊，搖著扇子繼續看熱鬧了。

良好市民不是這麼好做的，看來以後要記住這個教訓了。

過不多時，張章帶著幾個伴當從客棧裏衝出來，滿臉猙獰，一眼看到沈傲，便舉起手中棍棒要衝過來，口裏還哇哇地大叫著：「狗賊，今日不殺你，我張章誓不爲人。」

「大人，大人，掌櫃糊塗了，要行凶啊。」沈傲一躲，便鑽到公差們後頭。

張章一看到捕頭，頓時不敢這樣囂張了，臉上艱難地擠出一些笑容，過去給那捕頭行禮：「劉捕頭原來也在……」他頓了頓，便道：「劉捕頭來得正好，今日這幾個小賊慫恿人砸了我的店鋪，請大人主持公道。」

那劉捕頭眉頭一鎖，沉聲道：「好大的膽了，來人，把這三個小賊拿了。」

沈傲一看，不對勁，心裏便想：「看這個劉捕頭果然和店主是一夥的，想來這店的真正幕後之人，就是他了。」

其實只要略略一想，就能猜出個大概，平時官府遇到事，一般都是姍姍來遲，可是這家店出了事，只兩炷香功夫就有官差來了，再加上方才姓劉的捕頭看到店鋪被砸後肉痛的表情，若說這二人之間一點姦情也沒有，沈傲打死都不信。

幾個差役要來拿沈傲三人，沈傲頓時冷笑道：「我是監生，沒有證據，誰敢拿我。」

這一句話倒是起了作用，劉捕頭冷眼看了沈傲一眼：「監生?哼!國法不容情，你犯了國法，是監生又如何？」

說是這樣說，這一次卻是沒有叫人來拿了，讀書人非比尋常，大宋朝立國以來，一直將讀書人當作熊貓來養的，所謂刑不上大夫，在沒有證據之前，李捕頭還真不敢把沈傲如何。

沈傲高聲道：「大人，其實我這一次，是來告狀的。」

李捕頭與張章對望一眼，張章眼眸中閃出一絲怒火，攥著槍棒隨時準備動手；李捕頭朝他微微搖頭，像是在無聲地告訴著張章，先看看這人說什麼，再做決定。

說著，沈傲高聲道：「我要告這酒肆的掌櫃，無故毆打邃雅山房東家吳三兒，請大人爲學生做主，還吳三兒一個公道。」

張章冷笑不語，李捕頭哼了一聲，道：「先將你鼓噪人群搶掠張掌櫃店鋪的事說清楚再說。」

官商但凡勾結起來，許多看似複雜的事情就顯得簡單多了。譬如李捕頭，其實他與張章並沒有多少交情，可是張章是地頭蛇，豈不知勾結官府好處多的道理；爲了這個，酒樓一成的盈利，都要按時孝敬上去的。

李捕頭在京兆府雖只是個鬼卒，權力卻是極大，汴京城地面上的風吹草動，第一道經手的人就是他。沈傲砸了店，不啻於砸了李捕頭的飯碗，所以沈傲不管怎麼說，李捕頭要追究的，就是砸店之罪。

若不是沈傲有個監生的名頭，李捕頭早就將他們五花大綁直接押走。監生、監生，這個身分對於李捕頭來說，還是挺駭人的。

不過，李捕頭也不至於害怕，汴京城裏，官比狗多，有實權的都在兩府三省六個部堂裏，其餘的雖然看上去顯貴，其實連狗都不如，一年的薪俸或許還比不上李捕頭一個月的油水。

這些人看上去三品、四品，官大得嚇人，其實也只是唬唬那些草頭百姓，李捕頭門兒清，這些官若是有門路，有人脈，早就鑽營的進部堂或外放了。所以，就算是個監生，李捕頭也不怕，只要張章死命攀咬，自己作出秉公辦理的模樣，誰又能說什麼？如此一想，李捕頭便在心裏冷笑起來，今日有人敢砸他護著的酒肆，往後誰還孝敬他？拿人錢財替人消災，這是亙古不變的道理。

沈傲一聽，原來這李捕頭是死死地咬住砸店的事，擺明了是要爲張章出頭。從容一笑：「邃雅山房的東家先被張章打傷，大人不過問，卻過問砸店的事，未免有些厚此薄彼了吧。」

趙佶之前一直在一旁冷眼旁觀，此時也是微微一笑道：「沈公子說得不錯，爲示公平，兩案並審才能水落石出。」

李捕頭橫瞪了趙佶一眼：「滾開，這裏是你插嘴的地方嗎？」

趙佶眼眸中閃過一抹殺機，卻只是笑笑，便抿嘴不語了。

李捕頭繼續道：「邃雅山房又是個什麼東西，我今日查辦的就是這酒肆的事。」

沈傲連忙道：「邃雅山房不是東西，是一座茶肆。」

李捕頭冷笑道：「哼，茶肆又如何？本捕頭不管它好壞，張章，你來說，是不是這人教唆人砸了你的酒肆？」

還不等張章說話，沈傲卻差點跳了起來，高聲道：「李捕頭，你這句話就不對了，邃雅山房是個好茶肆，你不能冤枉了它。」

李捕頭想不到沈傲拼命糾結這個無傷大雅的問題上，頓時臉色更冷了：「它好它壞，與我何干？」

沈傲道：「李捕頭，這裏面的關係可是大大的事關您的前程呢。」

張章忍不住了，道：「李大人，和他說這些做什麼，此人帶了許多乞丐來砸我店鋪，酒肆現在變成這副模樣，都是這個小賊唆使的，請大人為我做主。」

李捕頭聽張章催促，抱著手對沈傲道：「聽見了嗎？人證物證俱在，你想抵賴也不行，顧左右而言他，是想脫罪嗎？隨我到衙門走一趟吧。」

沈傲嘲弄一笑道：「也好，恰好我也要去告狀，不妨就跟著捕頭走一趟吧。」

沈傲說著，負著手，一副很清閒自在的樣子。他是監生，是讀書人，見官不拜，不受折辱，在定罪之前，誰也不能將他如何，所以，那對付尋常人犯的枷鎖是對他無用的。

李捕頭見他這樣說，心裏暗暗奇怪：「此人倒是氣定神閒，莫非這背後……」心裏這樣想，使有些惴惴不安了，卻虎著臉道：「你又要告什麼狀？」

沈傲道：「當然是告李捕頭了。」

李捕頭氣得直笑起來，手指著沈傲道：「你這滿口胡言的傢伙，告本捕頭？

哼……」

沈傲微微笑道：「李捕頭身爲朝廷幹吏，吃的是皇糧，喝的是君祿，可是對皇上很不忠心啊。」

身後的趙佶臉色一變，望著沈傲，心裏不由地想：「啊呀，原來這沈傲早已現了朕的身分。」

誰知沈傲繼續道：「你方才說邃雅山房不是個東西是不是？學生是親耳聽見的，你抵賴不得。有你這句話，我不但要去京兆府告狀，還要去上疏告御狀，讓朝廷知道，李捕頭欺君罔上。」

欺君罔上？好大的帽子。

李捕頭見沈傲笑吟吟的，那一雙眼睛望向自己寓意很深，心裏有一點點虛了：

「這話怎麼說？」

第五二章
強龍不壓地頭蛇

「現在，公子能不能隨我到衙門走一趟？」

只要秉承著公事公辦的態度，張章再死命的攀咬，李捕頭倒也不必怕他，

所謂強龍壓不過地頭蛇，縱然沈傲有萬般的手段，進了京兆府衙門，也教他好看。

沈傲從袖子裏一掏，便拿出一張裝裱起來的紙兒，冷笑道：「李捕頭請看。」

李捕頭這一看，頓時愣住了，只看這紙上寫著「邃雅山房是個好茶肆」九個大字，落款竟有印璽，有一行蠅頭小字寫著：欽賜御寶。

李捕頭突然有了些印象，好像是有那麼個邃雅山房，官家曾題過字的。這樣一想，李捕頭頓時頗有些汗顏，原來竟著了沈傲的道了。

趙佶一看，原來竟是自己的親筆題字，心裏不由莞爾一笑，這個沈傲，倒是有些意思，每一次說話，都好像挖了一個坑，就等別人鑽進去，真不知他的腦袋裏都想些什麼。

沈傲收起笑臉，正色道：「我問你，邃雅山房到底是不是好茶肆？」

被沈傲來了這麼一下突然奇襲，李捕頭頓時額頭冒出冷汗，正色道：「是，是……」

沈傲怒目一張，道：「是個什麼，你說清楚。」

李捕頭換了一副臉色：「邃雅山房是個好茶肆。」

他哪裡還敢說個不字，說出來，就真有欺君的嫌疑了。

沈傲又笑了，心情舒暢地將那題字收起來，悠閒地道：「這就是了，看來李捕頭還是忠於皇上的，咱們皇帝很聖明，明察秋毫，火眼金睛，你能夠迷途知返，皇上一聽，寬宏大量，一定會原諒你。」

這番話很有教訓的意味，李捕頭的眼眸閃出一絲怒火，卻又心下一凜：「這個人只怕非同一般，哼，想來自己是小瞧他了。現在先讓他一陣，等下有他好瞧的。」

李捕頭對著沈傲道：「現在，公子能不能隨我到衙門走一趟？」

只要秉承著公事公辦的態度，張章再死命的攀咬，李捕頭倒也不必怕他，所謂強龍壓不過地頭蛇，縱然沈傲有萬般的手段，進了京兆府衙門，也教他好看。

那一邊趙佶的心裏卻在想：「明察秋毫倒是好說，火眼金睛是什麼？今日這事不是一般的有趣，看看沈傲如何脫身。」

沈傲連忙道：「好，走一趟，總要把事情弄個水落石出嘛，請李捕頭帶路。」

京兆府，太熟了，不知那裏的幾個老相好在不在，呵呵，到時候看你李捕頭怎麼收場。

李捕頭被沈傲鬧了一下，氣勢也轉弱了幾分，做了個請的手勢，道：「走吧。」

一行十幾人迤邐著往京兆府去，李捕頭在前，幾個差役居兩側監視，沈傲三人居中，張章和幾個伴當則尾隨在後頭，看著沈傲的背影，牙齒咬得咯咯作響。

本來這種事，張章是沒打算經過官府的，只不過現在事情既然已經鬧大，官府插了

手，他也只能走一步看一步，好在有李捕頭撐腰，倒也不必怕什麼。

到了京兆府衙門，恰好一個捕頭帶著幾個差役要出去公幹，沈傲一看，是張萬年張捕頭，他和張捕頭是老熟識，笑嘻嘻地朝張萬年招手道：「張捕頭。」

張萬年一看，立即堆笑過來：「原來是沈公子，沈公子今日怎麼有閒……」他話說到一半，突然覺得氣氛不對了，對著沈傲低聲問道：「沈公子這是怎麼了？」

沈傲微微一笑道：「沒什麼，又犯了一件案子，李捕頭秉公辦理，要我來走一遭，哈哈，張捕頭，不打擾你了，改日請你喝茶。」

李捕頭也是暗暗奇怪，怎麼張捕頭好似和人犯有舊的樣子，他和張萬年是同行，算是半個冤家，二人分管地方，也是卯足了勁的競爭對手。

張萬年一聽，眼睛便落到李捕頭身上來，很有深意地笑了笑，朝沈傲道：「哦，原來是這樣，改日當是小的請沈公子才是，總不能總教沈公子破費，我還有公幹，先告辭了。」

沈傲頓時明白，張萬年和李捕頭是不對盤的，呵呵，張萬年真是個萬年的泥鰍，只怕現在在等著看李捕頭的笑話呢。

這時張萬年就在心裏想，當日沈傲面對的是曹公公，還不是一樣把他們耍弄得團團轉，今日也一定能安全無虞，這種事，輪不到他插手，坐等好戲就是。

李捕頭是個聰明人，等張萬年帶著手下的差役走遠，心裏突然生出那麼一點兒忐忑，張萬午也是老資格的捕頭，平時待人沒有這般客氣的啊，莫非這姓沈的真有大背景？

隨即又想，自己又怕個什麼，自己秉公辦事，把人犯和苦主交給判官，其餘的事，自己不必操心。於是咳嗽一聲，帶著沈傲、張章一干人等進了宅門，自己先去尋判官，把事情原委說清楚再說。

過不多時，判官坐堂，一聲驚堂木響，便聽到有人唱喏：「帶人犯沈某、周某、王某，會同苦主張某等人。」

來了，沈傲微微一笑，望了張章一眼，恰好張章那殺人的目光逼過來，目光一對，誰也奈何不了誰。

打架鬥狠，沈傲不擅長，可是若說到公堂裏去被人狀告，他的經驗很豐富，告著告著，經驗值就增長了，輕車熟路啊。

明鏡高懸之下，判官鐵青著臉，手拿著驚堂木，眼眸迸出陰冷，看著帶到的人犯。只這一看，那眼眸陡然一愣，隨即又是一驚，再之後便只剩下六神無主了。

先是看到穿著一件儒衫的沈傲，沈傲搖著扇子，戴著綸巾，微微一笑，看到了判官，接著便是帶著幾分恭謹地道：

「今日又是大人坐堂嗎？慚愧，慚愧，學生又要叨擾了。」

這判官就是上次曹公公一案的主審官，看到又是這個沈傲，哪裡還繃得住臉，這個小子太厲害，伶牙俐齒，上一次讓他顏面大失，如今這小子居然還來，是當京兆府是客棧了。

三天兩頭就要來那麼一兩次，偏偏是這判官不幸運，每次都輪到他坐堂。

這……這……這小子不好對付啊，不知他這次又犯了什麼罪，看來要小心爲上，別再著了他的道兒。

沈傲倒也罷了，判官再去看其他兩個人犯，這一看，又是一驚，沈傲左側的一個胖子，這人很面熟，似是在哪裡見過，噢，想起來了，這小子似乎和自己的兒子廝混過，是祈國公的公子。

大宋朝立國以來，封爵者寥寥無幾，而祈國公卻是少有的異姓公爵，其權勢之大，哪裡是他一個小小判官能夠輕易惹的。

判官心裏大呼倒楣，可是再去看沈傲右側的那個年長一點的相公，一下子，連眼珠子都要掉下來，這人……這人也……也好面善啊。

想起來了，他……他是皇上啊。這……這是什麼狀況啊？

判官立即站起來，在皇上面前，他哪裡敢坐，心虛啊。一雙眼睛瞥了一眼李捕頭，心裏頓時大怒，不知死活的東西，汴京城最不該惹的人全給他帶來了，這李捕頭不想要腦袋了，他還有妻室兒女呢，鬧個不好，說不定他得陪著李捕頭給滿門抄斬呢。

判官離座，先迎向沈傲，他不敢去看趙佶，官家今日穿著微服，想必不願意讓人知道他的身分，所以嘛，自個兒得裝糊塗，裝作不認識。

判官膽戰心驚地朝沈傲拱拱手，和顏笑道：「噢，是沈公子，沈公子來京兆府，為何不事先知會一聲，哎呀呀，有失遠迎，恕罪、恕罪。」

還有失遠迎？我是被押來的。來了這京兆府不就是觸了霉頭，瞧這判官說這話的意思，好像是說以後要常來是不是？

沈傲在心裏很邪惡地腹誹一番，才帶著笑容道：

「想不到又是大人，大人近來可好？」

「好，好……」心裏卻是對沈傲無聲地說著：「好什麼好。遇到了你，還有個什麼好？」

「沈公子和幾位兄台請坐吧。」判官客氣極了，笑容滿臉地讓差役搬來凳子，一絲都不敢怠慢。

李捕頭一看，倒吸了口涼氣，這是什麼狀況，這還是審判嗎？怎麼看著倒像是判官大人要請客吃酒？看到這副狀況，李捕頭的心裏頭已經有些發虛了，莫非這監生，真是

惹不起的人物？看來今日這事，最好不了了之的好。

那張章也一時嚇住了，他是個聰明人，眼看著判官膽戰心驚的模樣，心裏大叫不好，一時間也不知該如何應對，只是愣著不說話。

誰知身後的一個伴當道：「大人，這姓沈的唆使人砸我們店鋪，請大人公斷明察。」

這一句話說出來，瞬間將原本很和諧的氣氛破壞了；判官一聽，便不得不擺些官威出來，冷眼看著那伴當道：「砸人店鋪？沈公子砸你店鋪做什麼？」

沈傲連忙道：「是這樣的，昨日夜裏不是鑑寶大會嗎？呵呵，鄙人不小心拔了個頭籌，大人是知道我的性子的，我這人愛出風頭，又太有愛心。因而便想著，街道上這麼多流離失所的乞丐食不果腹，倒不如請他們一道兒喝點酒。」

判官一聽，翹起大拇指：「沈公子果然不愧是飽讀詩書的，聖人教誨沒有忘，仁者愛人，就是這個道理。」

沈傲繼續道：「誰知我到了他們的酒肆，將乞丐請了來，他們卻突然拿出槍棒來，說學生要鬧事。對乞丐們更是窮凶極惡，要將我們統統趕出去。」

判官怒道：「乞丐就不是人嗎？更何況公子出資，又不少他們酒錢，如此做，實在太過分了。」

沈傲連忙趁機道：「是啊，大人，你知道的，學生一見到槍棒就害怕，心裏頭發虛，當時就傻住了。好在這位王相公還有周公子將我扶出來；不過變故卻出來了，店家拿出槍棒來趕客，乞丐們卻是勃然大怒了，於是便鬧將起來了。」

「活該。」判官冷笑道：「乞丐雖然不法，可是這店家也是刁民。」

沈傲道：「是啊，是啊，學生也是這樣想的，不過呢，李捕頭和這位張掌櫃，卻和學生想的不同，他們非把我和兩位仁兄拿來京兆府，要治我們的罪不可。大人知道，我這人最怕吃官司的，想到要進衙門，心裏就害怕極了，心肝兒顫得慌。」

「我的心肝兒才顫得慌呢。」判官心裏叫屈。冷掃了李捕頭和張章還有那幾個伴當一眼，冷笑道：「這京兆府是有王法的地方，豈容這種惡吏和刁民放肆。」

李捕頭一看風向不對，連忙道：「大人，小的一時不察，差點得罪了沈公子，請大人恕罪。」

張章看李捕頭一下子像換了個人，頓時大怒，心裏不由地想，李捕頭這番話，豈不是將這罪責全部擔在他張某身上？哼，他倒是推了個乾淨。

判官冷哼一聲，道：「張章的店鋪被砸，全是因他自己而起，既是生意人，就該和氣生財，他倒是好……哼哼，如此慢待客人，豈不是咎由自取？」

李捕頭道：「是，是，大人說的對。」說著橫瞪了張章一眼：「張掌櫃，還不快向大人和沈公子請罪？」

店鋪被人砸了，幾年的心血一下子白費了，每月花費這麼多錢去餵飽這李捕頭，到頭來，這李捕頭卻是一點用處都沒有。張章再也隱忍不住，大怒道：

「請罪？要請罪也可以，請李捕頭將每月的孝敬錢還來，這幾年，你吃我的喝我的，只怕是不少吧？」

潑皮的性子上來，張章什麼都不顧了，冷哼一聲繼續道：

「要請罪，也該是你李捕頭請罪才是。」

李捕頭大驚，慌忙地道：「你胡說八道，張章，莫以為別人不知你的底細，你這幾年在汴京城惹是生非，欺凌百姓，惡貫滿盈，你可要想好了，莫要胡亂攀咬。」

李捕頭話語夾帶著威脅，意思是告訴張章，若是現在認罪，也不過是個誣告，可你要是不識相，老子把你的老底翻出來，事情可就不好收場了。

偏偏這個張章此刻氣得什麼也不多想了，看到沈傲跟那判官的關係不淺，心頭亦萬念俱灰。他卻又是個絕不肯吃虧的潑皮，此刻翻起臉來，什麼都顧不上了，冷笑道：

「我的事，自會有人處置，只是李捕頭的事，今日卻要說個清楚，你收了我的孝敬，前前後後相加起來只怕不止百貫吧，還有前年，你看上那楊家的閨女，不就是叫我們去綁人？最後那楊家閨女上吊死了，還不是你假惺惺的說要追辦凶人嗎？」

李捕頭頓時滿頭冷汗，心裏急得跳腳，這個張章，實在太不識趣了，現在認罪，最多只是個小錯，等風頭過去，自己再提攜他一把，將來還不是繼續吃香喝辣的嗎？偏偏他不肯吃虧，竟反咬了自己，自己的許多事和這個張章都有關聯，如今他抖落出來，自己這件公服是別想再穿了。

李捕頭也怒了，口裏冷冷地道：「你手裏的命案少嗎？若不是我爲你兜著，你這狗東西也有今日？哼哼，你今日要死，誰也攔不住，不要拉我下水。」

二人開始胡亂攀咬，竟是一下子抖落了不少命案。

沈傲一聽，頓時大笑，對判官道：「大人真是明察秋毫，只一兩句，就扯出了這麼大的案子。」

其實沈傲早就準備了一套說辭，只是這些說辭到了京兆府竟是用不上了，誰知道他說什麼，這判官就信什麼，更沒有想到李捕頭和張章竟相互攀咬起來，還不等沈傲出手，就已經把自己置於死地了。

判官也是又驚又喜，頓時擺出一副威嚴，道：「來，將這二人拿下，擇日再審，他們是重犯，要小心看管。」

眾差役應諾，周恆卻大叫起來：「且慢。」

這周大少冷笑著走到張章身前，左右開弓，啪地一聲往張章的兩邊臉各搧了一個巴

掌，怒道：「叫你打吳三兒。」接著又是一巴掌過去：「叫你做潑皮。」

周大少爺和吳三兒也算是老相識，吳三兒現在就是周恆的衣食父母，他的月錢都是從邃雅山房支用的；此刻滿懷著私怨，雙掌下去，打得極重，張章被幾個差役反剪著手，動彈不得，臉頰上很快腫了起來。

「啪……」

「叫你在邃雅山房邊上開酒肆……」

「啪……」

「叫你偷看你母親洗澡……」

張章腫著臉淒聲爭辯道：「我沒有偷看我娘洗澡。」

「哇！」周大少爺生氣了，怒氣沖沖地又是一巴掌摑過去：「本少爺冤枉你一句難道不行？」

「啪……」

「叫你不讓本少爺冤枉……」

欲加之罪，何患無辭。眾人無語。

十幾個巴掌下去，張章已被打得暈死過去，別看周恆平時笑嘻嘻的，發起怒來，下手可一點都不輕，呸了一聲道：「混賬東西，看你還敢欺負人嗎？」

只可憐那張章，被周恆左右開弓，打得死去活來，押下去時，竟已是奄奄一息。

張章帶來的幾個伴當見張章陷入牢獄，連忙磕頭求饒，紛紛自辯，說自己不過是受張章脅迫，又說出張章的許多劣跡，反咬了張章一口。

至於那判官，心頭的一塊大石終於落地，在微服的官家面前，竟是破了許多樁舊案，心中忍不住慶幸：「福兮禍所伏，禍兮福所倚。好在自己處置得當，否則今日就難以收場了。」

沈傲三人出了衙門，看了看日頭，太陽已經偏西了，夕陽餘暉灑落下來，好似一位即將離世的豔麗少女，淒慘又散發著最後的餘暉。

沈傲搖著扇子，肚子已經餓了，爲了這樁官司，耽誤了太多工夫，眼看天色黯淡，國子監又不想回去，便想著回趟國公府。

恰好這時候趙佶告辭，陪著沈傲瘋了整整一日，這樣的生活，卻是趙佶從未體驗過的，只是他的身分特殊，一路上並沒有跟著沈傲發瘋，大多時間裏保持著沉默，只是沈傲這種出奇制勝的性格，卻是令他大開眼界，原來人沒有權勢，同樣可以借用外來的力量爲自己所用。

想到這些，趙佶便若有所思，陡然想到了什麼，卻又似乎陷入了更大的疑惑，一時

間遲疑不決。

沈傲對趙佶的印象一下子好轉起來，王相公還是蠻義氣的，別看他是個書呆子，卻挺有勇氣的，拉了拉他的衣袖邀請他去國公府玩，趙佶卻只是微微一笑，婉轉地拒絕了。至於周恆，是不想回國公府的，他倒是寧願去邃雅山房待著，不過沈傲堅持，他也只好跟著。

有一件事卻讓沈傲嚇了一跳，原來今早沈傲叫周恆去國子監請假，周恆倒是乾脆，直接叫了個人，給兩人請了五天的假期。

無語，這個表弟居然趁機拿著表哥的信用去隨意揮霍，太無恥了，不知唐大人會是什麼表情，想到這個，沈傲心裏有點發虛。

暫時不管這些了，既然已經請了五天假，就好好享受享受。

沈傲打定主意，與周恆回到祈國公府，恰好看到許多門子在這裏等候，連同春兒也提著一盞燈籠，臉色頗有些焦急，蹙著雙眉，在隱晦的月色中，那大眼睛多了幾分黯淡。

這是做什麼？莫非是等自己和周恆？不對啊，他們怎麼知道我們請了假？

沈傲迎過去，眾人看到是沈傲和周恆，頓時圍攏過來，紛紛行禮，臨到春兒時，春兒的眼眸恢復了幾分神采，忙不迭的提著燈籠要給沈傲行禮，沈傲連忙攔住：

「春兒妹妹，這是怎麼了？」

春兒見到許多曖昧的目光投過來，偏偏沈傲這個人不怕被人看，再加上府裏的許多傳言，春兒面色一窘，期期艾艾地道：

「今日公爺傳了口信回來，說是官家突然不見了，現在禁軍已經開始在城內搜尋，各府的主僕也不能閒著，都準備去尋人呢，我們在這裏候著，就等公爺回來吩咐一聲，各自去找找。」

沈傲心情頗有些失落，還以爲他們是等自己呢，原來是尋皇帝老兒。這皇帝老兒也真是的，好好的在宮裏頭享受三千佳麗的侍候不好，偏偏四處亂跑，不要讓本公子撞見他，撞見了一定要好好教育教育。

話說回來，真要碰到了皇帝，沈傲也絕不敢去教育的，他教育沈傲還差不多。

心裏腹誹一番，沈傲便道：「夫人呢，夫人在府上嗎？」

周恆聽說老爹不在，頓時眉飛色舞，道：「我們剛回來，先去見我娘去。」拉扯著沈傲，便要進府。沈傲深望了春兒一眼，只好進府去了。

到了內府，誰知今日夫人竟是有客人在，這人乃是開國衛郡公的夫人。衛郡公雖然在爵位上相較祈國公差了一些，卻也是大宋朝異姓的名門，其先祖石守信更是太祖皇帝身邊的左膀右臂，隨他征戰廝殺，戰功赫赫，死後還被追贈爲威武郡王。

自此，石家更受恩寵，傳至現在，已有四任公主下嫁，可謂汴京第一名門，就是祈國公也比之黯然失色一些。

更何況，這郡公夫人是個下嫁到石家的郡主，門第顯赫。

沈傲初見這位郡公夫人，就感覺此人舉止之間有一種高貴大方的氣質。郡公夫人顯得比姨母要小一些，生得倒是和藹，與夫人坐著話家常。

夫人今日的心情好極了，絮絮叨叨地說了許多話，恰好這郡公夫人也是禮佛的，二人談話離不開個佛字。

見到沈傲和周恆進來，夫人大喜，朝二人招手：「你們不是在國子監裏讀書嗎？怎麼回來了，來，坐下，沈傲，石夫人方才正提起你，你過來，讓石夫人瞧瞧你。」

沈傲微微一愣，便很乖巧地走過去，給石夫人行禮道：「夫人好。」

石夫人面露歡喜之色，上下打量了沈傲一番，喃喃道：「果真是一表人才，難怪郡公昨夜回去，將你誇了一通，只可憐我家的寶貝兒子，少不了又挨了一頓訓斥。」

原來沈傲昨夜出盡了風頭，在場的不少達官貴人略一打聽，才知道這個沈傲就是當時初試第一的沈監生。

這樣的少年郎，卻有豐富博學的知識，又有那麼好的眼力，還是祈國公的親戚，這樣一來，倒是令不少達官貴人們忍不住念叨幾句了，只怕昨天夜裏，不少府裏頭的公子，難免要挨一頓訓斥，人家少年郎這樣的厲害，再看看自己的兒子，氣不打一處來那也是正常的。

這石夫人原本與夫人一向是不走動的，夫人出身較爲低微，雖說如今已是誥命夫人，可是在汴京城的夫人圈子裏，卻不太受人青睞。如今夫人的娘家人裏出了個這樣的俊傑，據官家跟前的楊戩楊公公透出來的消息，連官家也極歡喜這個沈傲的。如此一來，這夫人娘家的這個外甥，倒是一時間前程看好了。

天下間的事，家族間的興衰榮辱，說來說去，最終還是聖眷兩個字，有了聖眷，田舍郎可以入閣拜相，沒了聖眷，就是家族再有權柄，終究也有沒落的一日。

石夫人來，便是看重了這個，先和大人套套交情，再尋個機會看看這沈公子是否當真是個風流人物；女人家，總是喜歡看看那些少年郎的，尤其是汴京第一才子，說不定還可爲這少年郎尋一門好姻緣呢。

婦道人家最熱衷的莫過於這種事，此時看到沈傲，見他眉目朗朗，雙唇微翹，未曾言而笑逸，英姿颯颯，雖無風而衣飄。心裏已經活絡開了：「這樣的好少年，倒是少見得很。」

石夫人想著，隨即又在心裏盤桓，想著認識的少女之中，有哪一個與他門第相對的，沈傲的門第，說好不好，說不好，卻也是不差的，再加上學問在汴京城極好，這門當戶對的少女竟也不少。

心念一動，便有了考校的意思，笑吟吟地道：

「沈傲，你坐到我邊上來。」

沈傲被石夫人盯著，有些發慌，怎麼總覺得石夫人的眼神兒有那麼一點點怪異，不好，她不會想給自己介紹老婆吧？

這眼神太熟悉了，完全是隔壁大嬸的翻版，唯獨多了幾分貴氣而已，看來女人都是一樣的，管她是貴是賤，本性都是如此。

呆呆地欠身坐下，眼睛落在石夫人的腰間，腰間懸掛著一袋香囊，散出蘭花的香氣，沈傲心裏一想，便明白了，石夫人是喜愛蘭花的，性格應當是堅毅從容、不驚榮辱那一類。

這樣的女人倒是少之又少，便忍不住多看了石夫人一眼。略略一看，非但那香囊飄著蘭花的香氣，就是連她的百褶裙上，也都是以蘭花瓣的圖形爲邊。

很有意思，看來這個石夫人，也是個不簡單的人。在沈傲的印象，這樣的女人很少，石夫人在郡公府裏，一定是個主心骨似的人物，只可憐那個郡公，八成已經養成了跪地搓衣板的習慣，古代版妻奴啊。

石夫人啓口道：「沈傲，聽說你在國子監裏，初試考了第一是嗎？」

沈傲心知石夫人是要試探了，感受到姨母射來鼓勵的笑容，心裏不由地想，平時也沒見這石夫人來與姨母走動，多半是嫌棄姨母的家世，如今來了，可能與自己有很大干係，既然如此，我更要爲姨母爭口氣，不能讓姨母被人小看了。

沈傲就是周夫人的娘家人，他要是有才學，周夫人也是跟著爭光的，至少也不會讓人小覷了，更沒人敢說周夫人是小戶人家出身，就算是小戶人家，那又如何，她有個學富五車的外甥，也足以將這家世彌補上去。

萬般皆下品，唯有讀書高，這句話可不是空穴來風，有學問並不比有個好家世要差。

沈傲正了正色，很矜持很謙虛地道：「學生初試時僥倖做了幾首小詩，不曾想卻得了個第一，其實國子監和太學，佼佼者不計其數，這一次，只是學生僥倖而已。」

石夫人微笑著頷首點頭，心裏想：「周家的這個外甥倒是很會說話，少年郎能夠做到榮辱不驚，家教想必是極好的。」

只一剎那間，便瞥了周夫人一眼，以往對周夫人的輕視一掃而空，帶著欣賞之色繼續對著沈傲道：「那麼，不妨請沈公子冉作一首詩吧，讓我和周夫人聽聽，也當是考校你的學問。」

周夫人見石夫人這樣說，也來了興致，她掌管著一個大家子，哪裡會糊塗，今兒一

早是大理寺少卿的夫人來見她，到了下午，石夫人又來了，這一切，與往日大有不同，一下子，彷彿那些太太們都想著來與周夫人交好了。

周夫人也是個好強的人，誰希望自個兒孤家寡人？各府的夫人來拜望，讓她生出些許滿足感，這些，當然是拜沈傲這個娘家人所賜；因此看著沈傲的目光不但有著慈愛，還帶著自豪的光芒，欣喜地對著沈傲道：

「沈傲，石夫人想聽你作詩，我也想聽聽，你一時作得出來嗎？」

其實周夫人心裏還是有點兒忐忑的，生怕沈傲找不到靈感，會被石夫人看輕了。

只見沈傲微微一笑，道：「姨母和石夫人有命，就是想破腦袋，也要醞釀出一首的。待我想一想，作的這一首詩，就獻給石夫人吧。」

石夫人抿嘴笑了笑，沈傲很會說話呢。

沈傲踟躕了片刻，突然抬眸，在眾人期待的目光下，徐徐道：

「幽蘭奕奕吐奇芳，風度深大泛遠香。大似清真古君子，閉門高譽不能藏……」

這句詩描寫的是蘭花的芳香氣息，和那狀若君子、高譽不藏的氣質。沈傲最厲害之處就在於投人所好，石夫人若是喜歡蘭花，對這詩，也一定喜歡的很。

果然，沈傲的詩吟完，石夫人微微一笑，咀嚼著詩中的深意，吟吟笑道：

「沈公子也愛蘭花嗎？」

第五三章
腦子裝的是什麼？

很快，周若就意識到自己中了沈傲的奸計，女人天生愛美，

沈傲話及出口，周若便將那人選的事忘了。

這樣一來，豈不是默認自己是這可惡傢伙的妻子人選？

周若咬了咬唇，這個傢伙，滿腦子裝的到底是什麼？

如沈傲所想的一樣，石夫人最愛蘭花，郡公府的花園裏，更是各種品種的蘭花相互鬥豔，芳香迷人，此時聽沈傲所作的詩句，那一句「幽蘭奕奕吐奇芳，風度深大泛遠香。」恰好將蘭花的特點道出來。之後那句「大似清真古君子，閉門高譽不能藏」將蘭花喻人，將它比作了古君子；給人以極高潔、清雅的優美形象，這不正是蘭花的特質嗎？

這詩已算是上成，偏偏沈傲是脫口而出，由此，便可看出沈傲的才學了；再加上這首詩恰對了石夫人的喜好，石夫人對沈傲的學識還怎麼再會有半點的懷疑？

石夫人面露微笑，看著沈傲的目光，自然多了幾分不同。

沈傲欠身答道：「蘭花素來是花君子，學生自然是喜歡的。」

他只是順著石夫人的話往下說，對花卉，他懂得還真不多，生怕石夫人繼續糾纏花卉的問題，哂然一笑繼續道：「只可惜學生雖喜愛蘭花的高潔，自身卻是個俗人，逃不開這俗世的羈絆，心中雜念太多，不能靜下心去品味這高潔的花兒。」

石夫人連連點頭道：「對，不止是沈公子，就是我，豈不也是俗人嗎?府裏頭大小的俗務，哪一樣不要親力親為的，雖是喜愛，每日卻只能抽出小半會兒到花圃裏去看看。」

沈傲不由地在心裏想：「果不其然，這石夫人一定是個性格堅毅的人，郡公府的大小事務都是她署理的，只怕連郡公也不能過問吧。」臉上帶著笑道：「夫人過謙了。」

石夫人朝周夫人道：「周夫人，你家這少年郎，當真有趣得很，只是不知他可曾婚配嗎？」

哪有人初來做客，見了人便問婚配的，周夫人微微一笑，心知石夫人對沈傲的印象極好，是以才冒昧這樣問，便如實道：「不曾婚配。」

「這就好極了。」石夫人喝了口茶，笑吟吟地道：「這汴京城各家的小姐，我倒是認得幾個的，抽些空，我去為你家少年郎打聽打聽，看看有沒有合適的人選。」

周夫人笑道：「沈傲這個人年紀雖已不小，平時倒也還懂事，就是有些時候貪玩了一些，若是能成就一樁姻緣，有了妻子看顧著，或許能收收心。」

沈傲無語，念一首詩出來，石夫人就惦記起自己的終身大事了，本公子還沒有心理準備呢，人家很純潔的。

不過，他也並不拒絕，他沒這麼矯情，石夫人現在也只是說說而已，自己何必跳出來反對。這個年代本就是婚姻包辦的年代，沈傲要做的，就是盡最大的努力自主，可要是尋死尋活的去反對，那便是有病了。

沈傲笑著站在一旁，給周恆使了使眼色；一對堂兄弟還是很有默契的，周恆連忙道：「娘，我和表哥只吃了一些早茶，至今還沒有進食呢。」

此時，周夫人的臉上容光煥發，沈傲很爭氣，給她掙了不少的臉面，聽到周恆如此說，便連忙道：「爲什麼不早說，快，去廚房叫廚子們弄些吃食，不要餓著了。」

沈傲和周恆心裏大喜，忙不迭的告辭。

石夫人叫住沈傲，道：「沈公子，你來，我有樣東西送你。」

石夫人微笑著，從袖子裏掏出兩條手帕來，這手帕帶著一股蘭花的香氣，白淨柔軟，正是繡著幾朵豔美的蘭花。接著看著沈傲道：

「這是我閒來無事親自繡的，今日送了你吧，權當是我的見面禮，往日若是有閒，便和周世侄一道兒去衛郡公府玩，衛郡公也很想看看你，和你說說話呢。」

香帕……

沈傲有些鬱悶，這還是他第一遭接受這樣的禮物，不過石夫人要送，他沒有不接的道理，連忙收了，笑呵呵地道：「謝夫人。」

和周恆出了小廳，去尋了些吃食，隨即各自回房去睡了。

第二日清晨，春兒來叫，沈傲迷迷糊糊地起床，穿上衣衫。

春兒今日的心情好多了，絮絮叨叨地說起昨天的事。

原來前日夜裏，皇上微服出去，竟是一個侍衛都沒有帶，結果到了皇長子府，離去時，亦是孤零零的一人，宮中的侍衛自以爲有皇長子的侍衛護駕，皇長子府的侍衛卻又以爲有宮中的禁衛高手在暗中護駕，鬧到後來，見皇上竟還未回宮，一查之下，皆都冒出了一身冷汗，沒有一個人知道皇上的行蹤啊。

正要四處搜尋，好在皇上又及時回宮，這事才總算告一段落。

沈傲呵呵笑道：「前日皇帝去了鑑寶大會嗎？我怎麼不知道，噢，他是微服去的。」

說著，沈傲也不再理會這些瑣事，皇帝如何，和他一點干係都沒有。

這時，沈傲倒是想起了一件事來，隨即拿出了石夫人送的蘭帕，遞到春兒的跟前道：「這香帕送給春兒吧，這是石夫人送的，我一個大男人也用不上。」

春兒臉色有些發窘，略有遲疑，道：「沈大哥，春兒也用不上的。」

沈傲塞給她，板著臉道：「收好，不許丟了，過幾日我要檢查的。」

春兒攥住了蘭帕，便不再拒絕了，陡然想起自己的使命，道：「沈大哥，公爺叫你去呢，說是有事和你說。」

沈傲哦了一聲，公爺大清早要見他，不知有什麼事。

春兒又在一旁道：「昨夜公爺回來，頗有些心神不屬，似是滿腹的心事，沈大哥見了公爺，要注意一些。」

沈傲點點頭，道：「春兒，你在府上辛苦嗎？我有個主意，你先贖身出去，到邃雅山房去幫幫忙吧。」

春兒搖頭道：「我伺候夫人已經慣了，留在這裏很好；沈大哥快去見公爺吧，不要耽誤了。」

沈傲點點頭，匆匆地去了。

書房裏，周正顯得有些精神恍惚，雖是手捧著卷書冊，卻又是心不在焉，一個字也沒有看進去。

昨日官家失蹤，宮內大亂，連帶著皇長子那邊也是嚇得冷汗直流，後來查問起來，才知道官家原來是和兩個人一道出去，這兩個人卻和他干係重大，一個是沈傲，一個是周恆。

原本，宮中禁衛是要到國公府直接來尋人的，若不是官家及時回去，沈傲和周恆這兩個孩子只怕難脫干係了。

按理說，官家回了宮，眾人本是鬆了口氣，有人去問官家的行藏，官家卻只是微笑不語，只說了句京兆府今日當值的判官辦事得力，當然，這件事也沒有往深裏說去，可是只這一句，暗示意味卻很濃，眾人心裏想，這個判官，只怕要平步青雲了。

至於沈傲和周恆，官家卻只是笑，卻又頒佈了嚴令，任何人不許將他的身分告知沈傲。

這倒是奇了，不准告知，對於沈傲來說到底是福是禍？

周正憂心的就是這個，現在看來，官家對沈傲的印象倒是頗好，可是沈傲是蒙在鼓裏的，說不定哪一日觸怒了天顏，就大事不妙啊。

正恍惚間，沈傲卻是來了。

周正抖擻起精神，叫沈傲坐下，隻字不提心中的事，只是問他今日為何不在國子監讀書。沈傲只好說前日鑑寶，有些疲倦，請了幾天假回來歇一歇。

周正就板起臉來，說了幾句讀書不可懈怠的話，到了後來，口氣便是鬆了，意思是說，歇息幾日也好。沈傲覺得，今日姨父似乎有那麼點兒精神恍惚，許多次說著話卻是突然中斷，前言不搭後語，心裏情不自禁地想：「莫非姨父有什麼心事？這件事或許和我有關的？」雖是這樣想，卻沒有對周正問出來。

周正笑了笑，道：「這次的鑑寶，你出盡了風頭，各府的大人都想見見你，若是有空閒，我帶你去拜謁吧。」

沈傲點點頭；恰在這個時候，劉文拿著名帖前來稟告道：「公爺，唐嚴唐大人來了。」

唐大人？周正捋鬚苦笑：「不知他來做什麼？」

他與唐嚴平時見了雖然客客氣氣，可是在私下裏卻是沒有交情的。這個國子監祭酒突然到訪，倒是讓他有些吃驚。

劉文道：「唐大人聽說表少爺病了，因而今日清早便趕了來，說是要來探表少爺的病。」

劉文偷偷瞧了沈傲一眼，媽呀，這表少爺龍精虎猛得哪裡像個病人啊，看來這事另有蹊蹺。

「病了？」周正狐疑地看著沈傲。

沈傲只好苦笑著招供道：「是這樣的，告假時，怕唐大人不肯，只好尋了個藉口。」

表弟辦事不力啊，現在唐大人來探病，這下傻眼了吧，對於這件事，沈傲唯有苦笑的份。

周正今日卻沒有苛責的意思，只哦了一聲，沒有再深究，他的心事太重，沒有太多心神再顧及這個。

沈傲看著周正臉色，有點兒心虛的道：「要不然，我這就回房了。」言外之意，是說小甥現在是不是該回房裝病去，莫要被唐大人看穿了。

「嗯，去吧。」周正站起來，又對劉文道：「隨我去迎客。」

沈傲如蒙大赦，連忙出去，真是慘了，校長大人親自來探病，得趕快做好準備，還要去通知表弟，千萬不能露餡啊。

唐嚴聽到沈傲病了，昨天一夜都沒有睡好，輾轉難眠，想著想著，猛地從床上坐起來，將唐夫人驚醒了，唐夫人亦是不好惹的，口裏大罵：「老東西，又咋呼個什麼?!」唐嚴有個最大的毛病，就是怕老婆，聽夫人發怒，連忙又躺下，用手枕著頭，哀嘆連連。

今日一早，到國子監轉了轉，便急促促地趕來國公府，要來探探病。

國公將他迎進來，唐嚴說出來意，周正沒有不應的道理，帶著唐嚴到了沈傲的臥房，唐嚴一進去，便看到沈傲躺在病榻上，氣色看起來倒還算正常，總算放了心，走到榻前，道：「沈傲，病好些了嗎？」

沈傲支著身子起來，在國公面前，裝病的難度太大，臉皮太厚也有點不好意思，只好悻悻然地道：「好多了，唐大人怎麼來了？」

唐嚴便按著他的肩，叫他不要坐起來，口裏道：「聽說你病了，恰好路過，順道來看看。」

唐嚴當然不好說是特意來的，堂堂中央大學的校長，特意來看一個監生，總是有點兒不好意思的。

沈傲連忙感謝，二人說了會兒話，唐嚴便拿出一遝書：「這些書，全是這幾日博士們要授課的內容，你若是病好了些，有空閒便看看，不要落下了功課，你好好歇養，讀書的事暫不必掛念，什麼時候病好了，再去尋我銷假。」

說起來，唐嚴待沈傲真的很不錯，雖說其中有功利因素，可是沈傲還是很感激的，將書放置在床頭，心裏不由地想：「還說是順道來看看，順道會把書也一起帶在身上的嗎？」

要交代的事情交代得差不多，沒多久，唐嚴便告辭了。

看著唐嚴離開的背影，沈傲吁了口氣，只是臨末了，注意到周正很有深意地看了他一眼，讓他心裏頭有點兒發虛。

坐起身來看了會兒唐嚴送來的書，心裏不禁笑了，這個唐校長倒是很關心自己的。下了床，冷不防見到又有人進來，沈傲本是以爲唐嚴回來，急促促地往床榻上跑，當看清楚來人是周若時，不由地鬆了口氣，便笑道：

「表妹，你怎麼不知會一聲便進來了。」

說著，沈傲頓了一下，又故意地板起臉來教訓她：「表哥很純潔的，你隨意進來，若是看到表哥在換衣衫，往後表哥還要不要做人？還要不要娶老婆？」

周若忍不住笑了，隨即想到什麼似的，又恢復了冷若寒霜的樣子，淡淡地道：「這話該我說才是，你這人真是，病了也不說一聲，你是哪裡病了？」

沈傲頓時心虛了，連忙道：「只是小病，當不得真的，想不到表妹這樣關心我，表哥心裏一激動，病就好了一半。」胡扯了幾句，又問道：「小章章呢？怎麼沒有見到他。」

周若聽到沈傲問這個，神色顯出一絲欣喜，道：「他自然是回洪州去了，前幾日他向我爹提親，我爹以我年紀尚小爲由婉拒了，他失望極了，接著就告辭回家去了。」

說著說著，周若嘆了口氣，頗爲不忍地道：「其實小章……」

她頓時覺得不妙，怎麼自己也學著沈傲的樣子去叫人家的小名了，改口道：「陸公子也挺可憐的，只可惜我並不喜歡他。」

沈傲摸了摸鼻子，怎麼每一次壞事都是周若叫自己去做，做完了又總是她爲人家說好話，好像從頭到尾，壞人只有自己一個人似的。他這也太吃虧了吧，不過看在表妹的份上，吃點虧好像也沒什麼。

見沈傲沉默不語，而一副若有所思的樣子，周若好奇地道：「表哥，你在想什麼？」

沈傲很認真地道：「想到小章章，我的心情久久難以平靜，此刻，唯有一首歌能抒發我的情感。」

周若一聽，表哥又不正經了，捂著耳朵，道：「不許唱。」

沈傲失望地道：「不唱就不唱。」

看來表妹最近的免疫力很高，挖了坑也難以讓她跳下去。沈傲悻悻然地繼續道：「哎……生了病，小章章又不告而別，滿腹的心事埋藏在心裏，又不許唱歌，我看我早晚有一日要憋壞的。」

周若鄙視地看了沈傲一眼，不由地在心裏罵了沈傲一句：「貓哭耗子假慈悲。」

這時，周若似是又想起一件事情，神情又冷了幾分，冷若寒霜地道：「我聽府上人說，石夫人要給你尋個親事呢，恭喜你，不知要做哪一家的乘龍快婿了。」

她說這話時，心裏酸酸的，連帶著那話語中也多了幾分酸味。

沈傲走到書案旁，展開畫紙，一邊自顧自地研墨，一邊道：「好極了，石夫人的眼光不錯，到時候請表妹喝喜酒。」

話語剛罷，沈傲提起筆，蘸了一點墨，卻是闔目沉思。

周若冷笑道：「就怕等八抬大轎把新娘子抬來，捲開珠簾兒一看，原來卻是個恐龍妹，到時候只怕你消受不起呢。」

沈傲提著筆，卻落不下去了，忍不住地道：

「表妹，你也太惡毒了吧，這樣詛咒你的表哥，表哥要娶的老婆，一定是要有西施的美貌，貂蟬那樣的身段的。」

周若抿著嘴，走到案旁，看沈傲又打算畫什麼，口裏卻是不依不饒地說著：

「你的心氣這樣高，這樣的妻子到哪兒找去？」

沈傲不再分心，凝神，落筆，筆走龍蛇，在畫紙上遊走，片刻功夫，底色就渲染出來了，原來是一座峻峭的高山，山下是一條河流，河流上幾點重墨，點下一艘小舟，舟兒依山落在水面，舟頭的一個墨點恰如一個人負手佇立，遙望大山。

沈傲收起筆，吁了口氣，這幅畫只完成了一小半，卻已是大汗淋漓，抬眸問道：

「表妹方才說什麼？」

周若佯怒道：「我說，以你的心氣，只怕一輩子都娶不到妻子。」

沈傲笑了，道：「表妹豈不是一個合意的人選，嗯，西施的美貌，貂蟬的身段，可惜，可惜，脾氣卻是壞了些，臉上略有雀斑，還是差那麼一點點。」

周若瞪了沈傲一眼，怒道：「不要胡說，我哪裡有雀斑了？」

很快，周若就意識到自己中了沈傲的奸計，沈傲挖了兩個坑，一個坑是雀斑，一個坑是合意的人選，女人天生愛美，沈傲話及出口，周若便抓住了雀斑，卻將那人選的事

忘了。

這樣一來，豈不是默認自己是這可惡傢伙的妻子人選？想到這裏，周若咬了咬唇，這個傢伙，滿腦子裝的到底是什麼？

正要出言譏諷他幾句，眼眸一轉，卻看到沈傲又屏息畫畫去了，神情顯得格外的認真，讓周若不忍心去打擾。她注視著畫紙，只看到那筆尖遊走之間，那水墨落在畫紙上，落筆之處，清奇又細膩。

目光微微上移，卻看到沈傲皺著眉，時而默默不語，時而喃喃念叨，那一雙璀璨的眸子似是連眨都不肯眨一下，屏住呼吸，或凝眉，或突而站起來，咬著筆桿子看畫。周若不由地想：這個人真是的，方才還不正經的樣子，一下子又變成了另一番模樣了。

周若想要爭辯，卻又不忍心打擾，只好咬著唇，許多念頭紛遝而來。

時間一點點的過去，沈傲的畫作到一半，便聽到外頭傳出一陣吵鬧，沈傲回過神，抬眸第一眼看到周若，忍不住地道：「表妹，原來你還在這裏。」

周若嗔怒道：「你作起畫來連人都不理了，不過，這畫兒倒是很好。」

周若的星眸落在畫上，不由嘖嘖稱讚，沈傲的性格有些放蕩，可是畫的畫，卻是細膩、縝密極了。

沈傲又是帶出笑容，道：「過幾日找畫一幅給表妹，這幅畫嘛，是用去交差的。」

「交差？」周若想了一下，道：「是給那小郡主的吧。」

沈傲不置可否。外頭的叫嚷聲卻是越來越大了，竟是有許多人來敲門，一個個道：「沈兄，我來看你了。」那個道：「沈監生，劉嚴前來拜望。」

沈傲和周若面面相覷，原先聽外面聲音嘈雜，二人以爲只是一些家丁在胡鬧，誰知卻是有人來尋沈傲的。

周若大窘，一時間竟不知是該走還是繼續留下。現在要走，也已是晚了，人就在外頭，打開門，他們就看到了。可是不走，似乎也很是不妥；雖說是表兄妹，可是誰知道別人在心裏是如何想的。

沈傲倒是坦然，將畫收起來，然後打開門。

門外頭，卻是黑壓壓的監生們，或提著瓜果，或包著蜜餞、零碎吃食蜂擁進來，爲首的那個哇的一聲，哈哈大笑道：「沈兄的身子骨還是很硬朗嘛，不像是有病的樣子。」

他們一點都不客氣，蜂擁而入，或坐或站，有的舉著扇子打量著屋子，有的將瓜果、蜜餞放下，鬧哄哄的。

等許多人看到周若時，便又一個個正經起來，這個道：「小姐好。」那個說：「這莫非是周家小姐嗎？失敬失敬。」那笑容很曖昧，很有深意。

周若咬著唇，故意對沈傲大聲道：「表哥，記著了，要按時服藥，否則這病根除不盡的，我娘很擔心你哩，你的病快些好了，娘正好去寺裏給你還願。」

周若說罷，窘紅著臉，不敢再多說，提著裙裾快步走了。

眾人戀戀不捨地看著周若的倩影在門口消失，一個個恍若做夢一樣，隨即又拿沈傲取笑。

這些都是國子監的監生，十個人裏，沈傲只認識兩個，他們倒是顯得熱絡得很，一個個沈兄的，叫得歡快極了。

一問之下，他們都個個聲言是來探望的，沈學弟病了，大家讀書都沒了心思，不來看望，心裏空落落的。

倒是有個老實點的監生道出了實情，原來有人發現，只要打著去給沈監生探病的名義去向博士們告假，博士們沒有一個不准的。如此一來，這些在國子監裏憋了太久的監生哪裡還待得住，竟是三五成群，紛紛在博士們面前作出與沈傲相交敦厚狀，淒淒慘慘切切的要來看望沈「兄」。

只半天工夫，告假的竟有上百人之多，這些人，還算是有些良心的，雖然打著探望沈傲的幌子，總算還是來了；還有一些沒天良的，口口聲聲不探望沈傲心中難安，一出了集賢門，就往勾欄、酒肆裏去了，至於什麼相交敦厚的沈兄，早就忘了個一乾二淨。

沈傲現在才知道，自己在國子監竟有這麼多的「朋友」，「朋友」們閒鬧了一會，便紛紛告辭了，告了半天的假，總不能完全耗在沈傲的身上，早已迫不及待地要去尋個地方散散心，喝點兒小酒去了。

將他們送走，沈傲抹了一把冷汗，「朋友」多也是罪過，「生病」都不得安寧。

至於那些同窗們送來的禮物，倒也不少，可是值錢的不多，沈傲翻了翻，竟沒有一個是超過十文的，忍不住心裏大罵：「小氣，本公子好歹也給你們找了個告半天假的理由，你們就這樣對待本公子的？」

這一番腹誹之後，又將那未完工的畫尋出來，繼續潑墨。

這一幅畫，仍然是臨摹皇帝的手跡，是小郡主送來的《縱鶴圖》，畫中的精粹，便是在那幾隻欲要引吭唳天的仙鶴上。底色和景物都已完成，唯獨這幾隻鶴，卻是一時下不了筆。

徽宗皇帝的花鳥圖確實非同凡響，不容小覷，原作中那顯赫的神態靈動之極，可謂是這徽宗的巔峰之作，沈傲下筆自然需要謹慎，可是一謹慎，那一氣呵成的美態就失去了，反倒要增添一些生硬。所以他得好好地想想，去想像那仙鶴振翅欲飛的感覺，還有那體態中的高雅氣質。

「鶴鳴於九皋，聲聞於野……」沈傲喃喃念著，漸漸融入其中，手中的筆尖一振，正要落筆，卻又突然提了起來。

不行，還是找不到那種感覺。沈傲苦笑一聲，只好將作畫的主意暫時擱淺，等過幾日邀上幾個人去看看鶴再來動筆。

第五四章
賢妃娘娘

賢妃娘娘？沈傲從未聽過這個名字，更不知她與祈國公有什麼關聯，
心裏暗暗吃驚，若沒有干係，為什麼賢妃在除夕要來省親，
可若是有關聯，自己在這裏待了也有不少時候，為什麼卻從沒聽人提起過。

用過了午飯，又有一撥探病的人前來，這一次來得更多，想來上午有人嘗到了甜頭，更多的監生坐不住了，原來這些和沈傲幾乎素不相識的人，一下子和沈同窗有了交情，而且交情匪淺，在博士面前說到沈同窗時，只怕不少人眼睛都紅了呢。

沈傲也已習慣了他們的無恥，換個位置想想，若是自己是他們，這個便宜自然也絕不會錯過的，在他看來，做監生和坐監的犯人區別不大，十天裏，只有一日的假期，就是再用功的人，也經受不住，只不過監生的生活品質要比犯人好上許多罷了。

這些監生悶在一個空間裏的時間太久，尋個空子溜出來也是人之常情的。

和他們閒扯了幾句，如第一撥監生一樣，噓寒問暖了一番，留下了價值幾文的禮物，又紛紛告辭。

到了夜裏，倒是有幾個真正關心他的人來了，曾文父子過來探了病，也帶來了不少補藥，曾歲安陪坐在沈傲的床頭說了一會兒話，又說自己月內極有可能要出汴京，原來是吏部的批文已經下來，授了他永州通判的職位，不日就要赴任去了。

沈傲自然要恭賀一番，通判州事這個官職看上去只有從八品，幾乎是官員品級中的最末端；可是在大宋朝，實權卻是大得驚人。

宋朝自開國以來，爲了加強對地方官的監察和控制，防止知州職權過重，專擅作大，宋太祖創設「通判」一職。通判由皇帝直接委派，輔佐郡政，可視爲知州副職，但有直接向皇帝報告的權力；知州向下屬發布的命令，必須要通判一起署名方能生效。

除此之外，一州的官員都在通判的監視之下，誰若是出了差錯，通判可以隨時上疏彈劾。這樣的權力，幾乎可以和知州平起平坐，同分秋色了。

因此，雖然通判的品級不高，這個職務卻是升遷最快的管道。原因有兩個，一個是通判在地方擁有實權，且有監督之責；另一個則是擁有上疏，能夠上達天聽的權力。

至於永州，雖然偏僻了一些，比不上江南魚米之鄉，卻也不算太差。這個通判做下來，有了政績，憑著曾文在朝廷裏的影響力，過幾年便可平步青雲，對曾歲安來說，可以算是一個極好的開端。

曾歲安對沈傲頗有些不捨，道：「原本打算在赴任前，請沈兄喝幾杯離別酒，誰知沈兄卻遭了病，哎，我這一去，不知我們幾時才能重逢。」

古時重離別，有些時候，一旦離別，或許一輩子再難遇見，所憑的全是一些寥寥幾句書信來往，這種惆悵卻是從前的沈傲不能體驗的。

「太傷感了，本公子居然還彈出點兒淚花來了，不知是這世道變了，還是本公子的人變了，曾歲安，你還欠著幾次茶沒請我呢，真傷感啊。」

沈傲心裏悶悶地想著，臉上卻是帶著笑容，安慰曾歲安道：

「曾兄到了永州公幹，過了幾年就可調回京城來，到那個時候，就怕曾兄已經身居

高位，不認識我了。」

曾歲安知道他只是玩笑話，收起惆悵之心，笑道：「換作是別人，或許曾某人還真做出這等事來，不過沈兄嘛……哈哈……」說著，很曖昧地看著沈傲。

沈傲不依不饒道：「沈兄怎麼了？」

曾歲安笑道：「依著沈兄的性子，我若是裝作不認識，沈兄豈不是第二日就背著行囊搬到曾府來？我如今是朝廷命官，可消受不起。」

沈傲無語，原來自己在曾歲安的印象中是個臉皮極厚，做事不計較後果的傢伙。

一直將曾歲安送出去，月夜籠罩，霧靄漸漸消散了，銀色的月光好像一身白得耀眼的寡婦的喪服，覆蓋著幽深的宅子裏。

一片月光灑落下來，借著月光望著曾歲安遠去的背影，沈傲不由得吁了口氣。若有所思地往回走，卻看到屋簷下，一個瘦弱的身影在那兒等候多時。

沈傲快步走過去，才看清來人。

是春兒。

幽暗之中，春兒瘦弱的身子顯得有些無助，見到沈傲，卻是一副張口欲言卻又似如鯁在喉的表情，夜色擋住了俏臉上的羞澀，可是那雙手卻不斷的揉捏著袖襬，顯得緊張極了。

「春兒。」沈傲放低了聲音，迎了過去。

「嗯……沈大哥，你的病未好，怎麼能四處亂走。」春兒不敢靠沈傲太近，見沈傲過來，不由地碎步後退了一些，後脊幾乎貼住了牆壁。

沈傲看著春兒的舉動，心裏有些悶悶的，不過，從春兒的話語之中，還是聽出了幾分埋怨，沈傲從這些埋怨裏，讀懂了一些讓他感覺舒心的意味，那就是春兒對他是關心在意的。

沈傲道：「這裏說話不方便，我們進去說吧。」

春兒搖搖頭，咬著唇道：「會被人說閒話的，沈大哥，就在這裏說吧，你的病……」

沈傲笑了笑，心裏生出憐香惜玉的心思，低聲道：「好，就在這裏說。」

春兒緄首咬唇道：「我聽府裏的人說沈大哥病了，來看看你，原來以爲沈大哥病得很重，現在見你這樣子，我也就放心了。」

「嗯?只是這些?」沈傲笑了笑，道：「春兒，我沒有病。」

春兒道：「沈大哥不要安慰我，我知道，你病了，許多人來探望你呢，我白日不敢過來，只是叫人去打聽，後來怕你病得很重，所以來看看。」

她抬起頭，眼眸中有晶瑩的淚珠兒打著轉轉，強忍著沒有流出來，繼續道：「沈大哥這樣好的人，一定會平平安安的，是不是？」

沈傲心中一暖，原來自己病了，還有這樣牽掛自己的人，看來春兒對他的關心，不只是他以爲的那麼點呢。

沈傲連忙道：「我真的沒有病，你看，我現在不是生龍活虎的嗎？」說著，便將叫周恆去告假，周恆尋了生病的理由出來說了一遍，最後道：「要怪，你得去怪周大少爺，我也是無辜的，還害你擔心，周大少爺真是罪該萬死。」

春兒破涕爲笑，道：「我可不敢去怪少爺。」說著，看著沈傲呢喃道：「沈大哥，我要走了，明日還要早起，還有許多事要忙呢。」

沈傲拉住她，春兒的手有點兒冰冷，低聲道：「我見你這幾日很憔悴，在府裏做事不必這麼累的。」

春兒搖頭，小手兒被沈傲包圍著，很暖和，臉兒不由地紅了，慌亂地抽回手，道：「再過一個月，就要到除夕了，府裏都在爲那一日準備呢，別說是我，就是夫人近幾日也忙得腳不沾地，今年的除夕與往年不同，賢妃娘娘今年要到府上來省親，屆時鳳駕到了，府上豈能一點兒準備都沒有？」

賢妃娘娘？沈傲從未聽過這個名字，更不知她與祈國公有什麼關聯，心裏暗暗吃驚，若沒有干係，爲什麼賢妃在除夕要來省親，可若是有關聯，自己在這裏待了也有不少時候，爲什麼卻從沒聽人提起過。

「賢妃娘娘莫非與姨父有關係嗎？」

春兒點了一下頭，低聲道：「賢妃娘娘是公爺的嫡親妹妹。」

「哦，原來這樣，不過，這倒是奇怪，既然是公爺的嫡親妹妹，卻從來沒有聽人提起，就連周大少爺也是隻字不提。」沈傲心中滿腹疑惑。

春兒似是看出了沈傲的心思，便道：「就這些，我也是剛剛聽人提起，府上人一般是不敢說起賢妃的，因爲……因爲賢妃與公爺雖是兄妹，可是在很早以前，關係就很不和睦。賢妃嫁入宮中，每年都有嬪妃按宮中的規矩出去省親，賢妃入宮十年，卻從未回來過。這一次也不知是什麼緣故，賢妃破天荒的要回來一趟。」

沈傲頷首點頭，這個傳言倒是頗爲合理，只是公爺這個人倒不難相處，怎麼與自己的親妹妹關係卻這麼緊張，真是奇怪。

心中雖然疑惑，可是畢竟這事和他的關係不大，笑了笑，沈傲轉開話題道：「如此說來，府上一定忙得很，你這樣一說，倒是讓我慚愧了，只能乾看著你們做事。」

春兒微微一笑：「沈大哥是富貴命，不需要操持家事的，聽……聽說……」

春兒頓了頓，終於鼓起勇氣道：「聽說郡國府石夫人要爲沈大哥尋一門親事呢，將來……將來……」

她勉強裝著笑臉，可是說到最後，卻是忍不住地哽咽了。

沈傲看著春兒強顏歡笑的樣子，心頭不由地有些心痛，連忙道：「春兒不要聽人胡說，石夫人是什麼人？她無心之言，誰會當真。」說著，沈傲輕輕地拉住春兒的小手，鄭重道：「就是石夫人給我介紹十個八個小姐，我也是誓死不從的。」

這口氣，倒像是良家婦女面對凶惡歹徒一樣，態度十分的堅決。

春兒破涕爲笑，帶著幾分羞意道：「誰敢相信你的鬼話。」

說是這樣說，可是那楚楚可憐的小模樣還是多了幾分喜悅。

沈傲見春兒笑了，心裏一暖，溫和地笑道：「春兒，你近來爲什麼不開心？嗯，讓我猜猜看，是不是想嫁人了？或者是……」

說到這裏，後面的話不敢說下去了。他差點脫口而出：「是不是來了天癸？」汗，怎麼會有這種想法，學壞了，學壞了，想必是從表弟那裏學來的。

周恆好悲催，若是知道沈傲這樣腹誹他，只怕假病要成真了。

春兒聽到「嫁人」兩個字，頭便抬不起來了，嬌羞地道：「沈大哥你胡說，我要走了。」

話雖如此說，腿卻有些邁不動，明明知道沈傲是胡說八道，卻覺得很有趣味。在這個男人身邊，被他溫柔又帶點壞意的眼眸盯著，似有一種莫名的悸動；偏偏理智告訴她，快點兒逃，再不逃要後悔終身。可是明明要逃，卻彷彿又隱隱希望時間靜止，讓那溫柔的眼眸和壞笑變成永恆。

春兒情不自禁地抬起頭看著那讓她捨不得移開眼眸的沈傲，臉上彷彿蒙上了一層紅暈，紅暈在月色的照耀下，猶如玫瑰花兒一樣妖艷，口裏呢喃道：「沈大哥，我真的要走了，你，好好保重吧。」

帶著幾分複雜，幾分忐忑，幾分悸動，春兒終於拿出最後的勇氣，在沈傲還沒來得及反應之前，轉身往另一邊的黑暗之處走去，再不敢回眸，漸漸消失在夜幕裏。

沈傲看著春兒離開的方向，心裏久久地浮現著春兒那張嬌羞的臉，心頭的暖意更濃幾分。

在公府的這幾日，公爺、夫人那邊爲了迎鳳駕的事忙得團團轉；就是劉文，見了沈傲也只是遠遠打聲招呼，又去忙了。而沈傲，因爲要應付那些來探他病的人，也並沒有太過清閒。

唯一清閒的人，就只有周大少爺了。

周大少爺覺得很是不公平，同樣都是「病」，偏偏探望他的人不少，探望他的卻是寥寥無幾，平時的狐朋狗友，一下子全不見了蹤影。

沈傲將他尋來，閒來無事的時候，便教他下五子棋，兩個人無事，就用五子棋來打發時光。

陳濟來過一趟，對沈傲的態度還是不冷不熱的，可是當他拿出一遝讀書筆記出來時，卻出賣了他死板的臉。陳濟對四書的經義理解，要比尋常人更加深刻，畢竟是考過狀元的，這筆記的價值極高。

天下人都知道沈傲成了他的徒弟，兩個人的名望已經綁在了一起，沈傲不管是政治抱負還是未來的仕途，都可以算是陳濟的延續，因而他倒是很捨得把自己壓箱底的東西搬出來。

只是對沈傲卻仍然那副愛理不理的樣子，只說了句：「閒暇時就看吧，能不能看懂，就看你自己的造化了。若是不想看，就把這些都燒了。」

沈傲當時心裏想，若是自己真的將它們燒了，陳師父一定會把我掐死。

打開這些筆記，便看到密密麻麻的小字，一遝下來，竟有數十萬字之多，四書五經的每一句話，都有注解、釋義以及陳濟個人獨到的見解，這樣的筆記，若是在科舉之前賣個百貫、千貫，只怕也沒有問題。

沈傲奉若珍寶，自然時時拿出來看看，再將國子監博士的注解拿出來對照，總覺得陳濟的筆記更加高明一些。

說一句難聽的話，博士們或許還本著讓學生們學習知識的抱負，因而這四書五經，大多還是以教學爲目的；可是陳濟的筆記，卻幾乎是用來應付科舉的，每一個注解，每一個釋義，枯燥而乏味，可對於考試，用途卻是極大。

考試就是敲門磚，沈傲自然也不是完全抱著求知的目的，四書五經已經背了個滾瓜爛熟，還求個屁知，考試才是硬道理。

偶爾看看書，或找周恆捉捉棋，抽空時，去完善那一幅未完成的畫作，日子倒也過得愜意。

周若曾來過幾次，沈傲便扯著她問賢妃的事，他這個人好打聽八卦，總是覺得賢妃和國公之間，一定有不可告人的事。

周恆這小子一定是蒙在鼓裏的，倒是周若似是知道些什麼，被沈傲反覆追問下，才抖落出了些實情。

原來這賢妃與國公是嫡親的兄妹，關係原本是極好的，後來有一次，那時還是周小姐的賢妃出門去踏青，邂逅了一個窮書生；身爲國公，又是兄長，周正自然不肯將嫡親妹妹下嫁，好說歹說地拆散了這樁姻緣，恰巧宮中選妃，爲了斷絕賢妃的心思，便將她送進宮裏頭去了。

就爲了這個，賢妃懷恨了十年。

沈傲立即察覺出兩件事，第一就是，這賢妃必然與那窮書生有一段刻骨銘心的戀情；這其二嘛，賢妃這人太小家子氣，氣量有那麼一點點狹隘。

看來除夕那日自己要小心一些，少和這個賢妃有什麼交集，若是遭了她的恨，很容易吃虧啊。沈傲心中一凜，暗暗告誡自己。

眼看五天的假期就要結束，夫人總算得了空，將沈傲和周恆叫了去，她這幾日略略有些憔悴，想來對這從宮裏頭回來探親的小姑有那麼一點點兒畏懼，是以府裏上下的事，她都親力親爲，生怕有什麼疏漏。

看到沈傲、周恆進去，夫人總算情緒好了一些，叫他們坐下，先是嗔怒地道：「好好的學不上，竟是裝病逃學，你們這兩個孩子，若是不管教，將來不知還要撒什麼野呢。」

夫人將目光落在了周恆身上，語帶責備地道：「不消說，這一定是你的主意，沈傲沒這麼不規矩的。」

周恆冤死了，明明是表哥叫自己告假的，雖說自己自作主張，一口氣請了五天的假，可這不全是他的主意啊。周恆心裏很不平，卻總算沒將沈傲抖落出來。

沈傲露出些自責之色，道：「姨母，其實這事倒是怪不了表弟，主意是我拿的。」

咦？周恆望了沈傲一眼，什麼時候表哥也這麼講義氣了，今日太陽是往西邊出來了嗎？

夫人卻只微微一笑，心裏想：「恆兒是什麼樣子，莫非我會不知道？沈傲偏偏要出頭爲他做這個壞人，這個孩子，心地太善良了。」

沈傲很腹黑地偷笑，夫人的心思，他太明白了，自己越是將責任攬上來，夫人就越認定是周大少爺做的。哈哈，太壞了，又講了義氣，又賣了乖，便宜兩頭佔著。

夫人在心頭嘆息了一聲，也沒有往裝病請假這事繼續說下去，笑了笑，便說起石夫人的事。其實這些時日，石夫人也來過幾趟，和夫人的關係倒是緊密起來，夫人平時沒什麼人作伴，對自己的出身也頗有些耿耿於懷，如今沈傲爭氣，倒是讓她這裏熱鬧起來。

「這個石夫人，還真是對沈傲的事上了心呢，每次來，都選了合意的小姐，不過，都被我婉拒了。」夫人輕輕笑著道。

沈傲連忙道：「是啊，這麼早成親，會影響我發育的。」

發育是什麼，夫人不懂，不過，她口口聲聲要給沈傲尋一門親事，讓沈傲收收心，其實心底裏，卻是不希望沈傲這麼早結親的。這麼好的外甥，人品、學問都出眾，終身

大事可不能輕易答應了。

接著，一轉話風，問起二人讀書的事；沈傲和周恆一一答了；恰好周小姐進來，看到沈傲，抿了抿嘴，便坐到周母身邊去。

夫人似是還有什麼心事，嘆了口氣道：「你們明日去了國子監讀書，再過些日子就是臘月了，除夕將至，我總感覺有些不安。」

沈傲心念一動，道：「姨母擔心的莫非是賢妃的事？」

夫人頷首點頭：「我這個小姑，如今已貴爲宮中四夫人，平時連個音信也沒有，今年卻突然說要回家省親了，她和公爺都是耿直的脾氣，就怕省親那幾日，二人鬧將起來，這汴京城只有這麼大，可別讓人笑話；而且，還不知道這小姑到底懷著什麼心思，若是要重歸於好，倒也罷了；可若是懷著其他的念想，和公爺一言不合，可就糟了。」

沈傲倒是理解夫人的感受，一個十年未見的小姑突然要回來，誰知道是來翻舊賬還是敘舊的，有身分的人，什麼都不怕，就怕鬧出笑話來。

夫人沉吟道：「若是叫人進宮去打聽打聽倒是挺好，若兒，上一次清河郡主不是來尋你玩嗎？她是時常進宮的，可傳出什麼口風嗎？」

周若那本是冷若冰霜的臉頓時舒展開，從清河郡主口裏探口風？這話只怕也只有她娘想得出來，她的脾氣比自家的女兒都要怪呢，滿心就是畫畫，哪裡指望得上她。

沈傲也跟著笑起來，夫人看他們兩個的反應，覺得奇怪，問道：「你們笑什麼？」

沈傲連忙正色道：「這個郡主脾氣有點兒怪，只怕探也探不出什麼，與其如此，不如去叫公爺在宮裏問問。」

夫人又是嘆氣：「我倒也是想呢，可是公爺的脾氣你們是知道的，他是絕不會去問的；我們在這裏爲他擔心，他倒是沒事人一樣。」

周若慫恿夫人道：「倒不如這樣，表哥和清河郡主關係很親密呢，叫表哥去打探打探，總會有回音的。」

沈傲頓時怔住了，表妹，你別害我啊！去拜託清河郡主，這不是叫我上賊船嗎？掐指算了算，除夕還早，要去尋郡主，一時也找不到，得等她來找自己才行。

第五五章
花魁大賽

花魁大賽的規則很簡單，參賽的勾欄青樓各派出一個美人兒，在臺上吹拉彈唱即可；看客們若是覺得哪個姑娘色藝雙絕，便可將繡球拋到貼上了姑娘們名字的籮筐裏，誰得的繡球最多，誰便是本年的花魁。

沈傲告別了夫人，與周恆一道兒出了佛堂，相互打了趣，沈傲打算回去看書，突然見劉文遠遠地往沈傲這邊小跑過來，邊走還邊高聲道：「表少爺，表少爺留步。」

沈傲回眸，搖著扇子等劉文來到跟前，才問道：「哦，是劉管事啊，不知有什麼見教。」

劉管事喘著氣，捂著接不上氣的胸口，道：「表少爺，有……有人找；是……是吳三兒，說要見你，有……有急事。」

周恆驚道：「吳三兒怎麼來了？不會又被人欺負了吧？」

沈傲笑了笑道：「你這烏鴉嘴，若是吳三兒真被人欺負了，第一個就尋你。」

兩個人口裏說個不停，急匆匆地往外府趕去，劉管事將他安置在外府的小廳裏，叫人奉上了茶水。

吳三兒以前是府裏的下人，但是現在府裡的人都知道吳三兒贖身出去後有出息了，而且府上的人都深知吳三兒跟沈傲關係很好，便是劉文也不敢再小看了吳三兒。

此時，吳三兒坐在小廳裏坐立不安地喝著茶，等到沈傲、周恆進來了，差點兒要跳起來，道：「沈大哥，周少爺……」

沈傲對吳三兒做了一個稍安勿躁的手勢，和周恆一同坐下，才是問吳三兒：「怎麼了？這樣心急火燎的。」

吳三兒這個時候倒是先不忙著說事了，想起一件重要的事情，便笑呵呵地道：「上一次你們一鬧，對面的酒肆如今已經倒閉了，沈人哥真有辦法。」

周恆怒道：「本少爺也有一份的，是我親自爲你報的仇，給了那姓張的幾十個耳光，他打你一巴掌，本少爺給你十倍百倍的贏回來了，你就不先謝我嗎？」

沈傲板著臉道：「先聽三兒說下去。」

周恆這段時間是給沈傲馴服了，沈傲此話一出，周恆只好閉嘴，吳三兒才皺著眉頭道：「這一次雖然報了仇，可也爲我們買了個教訓，單純的做邃雅山房的生意只怕很難……」

他搖了搖頭，苦笑一聲。

吳三兒確實比從前要成熟多了，既多了幾分生意人的市儈，又多了幾分頭腦，那一雙眼睛中流露出些許沉穩，只是這沉穩中卻又有些躁動，沈傲分明看到了那眼眸深處的勃勃野心。

商場如戰場，做生意確實能夠磨練人的各項能力和心思，只幾個月不到，吳三兒已經脫胎換骨了。

沈傲鼓勵的道：「三兒是不是有了什麼主意，你繼續說。」

吳三兒頷首點頭道：「所以，我打算將四周的一些店鋪能盤的都盤下來，還有那個

酒肆，如今已經荒廢了，第一步先從酒肆入手，將它盤下之後，再建一座茶坊，就叫『邃雅山坊』如何？修葺一下，裝飾得幽靜一些，不採用邃雅山房的會員制，只要有錢，誰都可以進去歇歇腳；我算了下，這樣的茶坊，一年的盈餘雖然比不得邃雅山房，可是勝在客人多，多少也能賺個一千來貫錢。」

吳三兒頓了一下，又繼續道：「當然，能賺錢倒還是其次的，能盤下地來，先預留著，將來做點別的生意也行，最重要的是，防止有人再來開酒肆，鬧哄哄的，打擾了邃雅山房的清靜。」

沈傲頷首點頭，吳三兒的想法不錯，這樣做能有兩個好處，一個是能夠將生意擴大，現在高檔路線已經被邃雅山房完全壟斷，那麼不妨開始向中低層客人繼續擴張。生意嘛，自然是越大越好，在市場的占有率越高，知名度就越大。

至於第二個好處，就在於盤下了這酒肆，將來總還可以做點別的生意，就算再不濟，也可以防止有人開賭坊、妓院、酒肆這些較爲喧鬧的店鋪，吵到了邃雅山房。

「這個構思好，只是要盤下這店鋪，我們的錢夠不夠？」

吳三兒搓著手，有些爲難地苦笑道：「難處就在這裏，我已與那酒肆的東主商量了，他的意思是，這店鋪只租不賣，除非我們拿出四千貫錢。」

「四千貫？」周恆大怒：「他不如去搶。」

沈傲也不由地皺起了眉，道：「那裏處於汴河河邊，位置得天獨厚，按道理，若是開價三千貫倒還算合理，四千確實貴了些；談價錢的事可以慢慢來，問題還是我們手上要有足夠的錢，單盤下土地和店鋪還是不夠的，我們要重新修葺，要準備開張，要招募人手，只怕手裏頭沒有五千的結餘是斷然不成的；而且，邃雅山房這邊也不能把所有的錢全部拿出來，還得要留一部分資金周轉。三兒，現在我們能動用的錢到底有多少？」

吳三兒道：「最多只有兩千貫，再多，就不成了。」

沈傲心頭多了絲煩躁地搖起扇子，這倒是爲難了，時間越拖下去，對他們的收購越不利。現在趁著那酒樓還沒有轉租出去，得趕快下手買了；若是店主租了出去，到時候有了依仗，只怕還要抬高價錢。

可是能到哪裡去弄幾千貫來呢？

吳三兒道：「沈大哥，有一個消息，不知道你聽說了沒有？」

沈傲心知吳三兒一定有了辦法，道：「你說。」

吳三兒道：「一年一度的花魁大賽馬上就要開始了，各大勾欄青樓都已在準備，若是想參加，則要繳納五百貫錢做參賽費，若是能夠在花魁大賽中奪魁，就有一萬貫的彩頭，沈大哥，你是最有辦法的，我們邃雅山房，是不是可以去試試？」

哇，三兒果然是敢想啊，茶肆也去參加花魁大賽？

沈傲有些陌生地打量了吳三兒一眼，心裏不由地想，吳三兒是不是把他的沈大哥想成了無所不能的超人了?就這樣，他居然也想著去奪冠?

不過，那可以有一萬貫的獎金啊。

想到這個，沈傲的心理防線開始鬆動起來，若真能拿到這筆獎金，別說是一個酒肆，就是那酒肆隔壁的店鋪也可一併買來，修葺一下，可以做一個超級大茶坊。

而且，邃雅山房中也不是沒有女人，茶肆的前身就是妓院，還有不少青樓女在茶肆裏工作呢。只是不知道這花魁大賽的規則怎麼樣的?

吳三兒彷彿看出了沈傲的心思，徐徐說道：

「花魁大賽的規則很簡單，參賽的勾欄青樓各派出一個美人兒，在臺上吹拉彈唱即可；而看客們每人手上都有一個繡球兒，若是覺得哪個姑娘色藝雙絕，便可將繡球拋到貼上了姑娘們名字的籮筐裏，誰得的繡球最多，誰便是本年的花魁。」

沈傲目光一閃，道：「這麼簡單?那豈不是我們買通一些人進場，到時候爲我們投繡球就成了?」

周恆對歷年的花魁大賽是很瞭解的，搶在吳三兒前面道：「表哥，你倒是想得簡單，要想進花魁大賽的會場，每人需出十貫的引路錢才行；屆時入場的看客人山人海，表哥就是花費一萬貫爲他們出引路錢，只怕繡球也沒有人家的多。」

好黑啊，十貫錢，尋常人的月錢也不過三四貫而已。

不過想了想，沈傲還是釋然了，汴京的達官貴人多的是，一年一度的花魁大賽，當然能吸引到這些人目光，說穿了，這大賽本就不是爲了一般升斗小民準備的。

沈傲沉吟著想了想，感覺這花魁大賽和後世的選秀差不多；猛地用扇骨去拍了拍腦袋，忍不住道：「這就是選秀啊！早說嘛！阿貓阿狗的都能奪魁，本公子爲什麼不能找個人去抱著獎金回來?!」

這樣一想，主意就定下了，沈傲用篤定的口吻道：「三兒，我們現在就去邃雅山房，先挑出一個花魁的後備人選來，挑出來之後，你立即去繳納參賽費。」

聽到沈傲如此說，吳三兒的眼睛瞬即亮了起來，驚喜道：「沈大哥，你決定參賽了？」

一直以來，吳三兒對沈傲有著一種盲目的信任，見沈傲同意，頓時歡欣鼓舞，大呼一聲，情不自禁地道：「只要沈大哥出馬，這花魁大賽的獎金，我們邃雅山房是志在必得了。」

周恒也對花魁大賽的事顯得興致勃勃，道：「我從來都是在台下選花魁的，今次想不到要送個花魁去參選，哈哈，有意思，有意思，本少爺喜歡。表哥，你有多少把握？」

沈傲下決心要做的事，當然是用最大的信心去做，哈哈大笑道：「表哥出馬，一定能贏。」

話是如此說，其實他心裏還是有些發虛的，不說別的勾欄青樓，單那個「蒔花館」的實力，沈傲是見識過的，師師和蓁蓁隨便哪一個站出來，其影響力都足以讓整個汴京城轟動，更何況蓁蓁和自己的關係不清不楚，想到兩個人突然之間成了對手，心裏頭還真有那麼一點點不太舒服。

沈傲喝了口茶，潤了潤嗓子，道：「從現在開始，表哥正式宣布，汴京花魁籌備三人組正式成立，我們的口號是，推出最好的女人，讓名妓們幫我們數錢去吧。」

周恆興奮得臉都紅了：「本公子的錢，自己數就可以了，讓名妓們爲本公子唱唱小曲兒還差不多。」

吳三兒倒是顯得很矜持，不過見這兩個少爺人來瘋，卻也陪著笑，口裏道：「我們這就去選人，其他的事，都聽沈大哥的吩咐。」

三人興致勃勃地回到了邃雅山房，已經到了傍晚，茶客們大多都已走了。

周恆在山房裏大叫：「所有的小姐們都到廳裏來，選花魁了。」

沈傲汗顏地白了周恆一眼，叫吳三兒去掌了燈，讓廳裏亮堂一些，又吩咐小廝們各自去叫人，但凡是這裏的侍女，都要叫上。

不多時，勞累了一天的侍女們便紛紛從二樓下來，這一次見她們，比之從前要端莊得多，舉止之間，竟隱隱有著一種大家閨秀的氣質。看來沈傲的口水沒有白費，吳三兒也確實用了心，從妓女到小姐，這其中的變化可想而知。

想必這與工作的性質也有關係，從前她們聲色犬馬，靠著賣笑爲生，自然而然的多了幾分妖嬈嫵媚，如今卻只是端茶倒水，所遇到的茶客，雖然也有自命風流的，但大多還都是讀書人，讀書人很矜持的，往往有色心沒賊膽，這氣質一沾染，讓她們也多了幾分書卷氣。

沈傲心裏得意地想著：「善哉，善哉，能挽救這麼多失足少女，本公子也算是積了善德了，等哪年翹了辮子，多半是要去見上帝的，對了，或許會是去見如來佛祖也說不定。」

其實這些侍女，若不是被逼迫，誰願意任人踐踏？如今在這茶肆裏做活，工作不累，月錢也不少，忙時雖然腳不沾地，卻也有足夠多的閒暇，這樣的生活，她們也慢慢地習慣了。

「沈公子好……」這一次，侍女們不再對沈傲調笑了，十一個人一溜兒站成一排，一齊朝沈傲福了福，那甜美的膩音齊聲叫出來，很是悅耳。

沈傲心裏笑著想，在大宋朝像我這樣溫和矜持的好男人太少了，這麼多美人兒在自己身邊，自個兒仍然能坐懷不亂，柳下惠見了我，只怕也要汗顏啊。

沈傲故意板起臉，作出一副老闆的姿態，頷首點了點頭，道：「今日叫你們來，是有一件重要的事情要宣布，這件事關乎著我們邃雅山房的存亡。」

老板講話一定要高調，不高調沒人聽啊。侍女們一聽到「存亡」兩個字，花容瞬時失色了，她們已經習慣了這種恬靜的生活，斷不能再回到從前去的。若是邃雅山房亡了，她們只有自謀出路，想到這個，許多人眼眸中都閃出了淚花。

周恆憐香惜玉地在一旁道：「姐姐們先別哭，表哥是跟你們開玩笑的。表哥，雖然你比我年長，但是本少爺看不下去了，你嚇唬她們做什麼？這樣的美人兒，你就狠得下心？美人兒們別生氣，本少爺疼你們。」

無恥！沈傲和吳三兒一齊望向他，露出鄙視的眼神。

沈傲不理周恆，繼續道：「現在，邃雅山房缺乏資金周轉，爲了邃雅山房的生存，所以……我們準備參加花魁大賽。」

花魁大賽，對於這些侍女來說，是再熟悉不過的事，眾人一聽，便有幾個主動請纓道：「若是公子覺得爲難，不嫌棄我們，我們願意參加花魁大賽。」

沈傲心頭一喜，這就好辦了，只要她們肯，其餘的事，他來解決。

他在侍女們面前來回逡巡，最後，目光落在一個嬌小的侍女身上，走到那侍女的跟前，問道：「你叫什麼名字？」

這嬌小的侍女算是中上之姿，在人堆中並不是很起眼，唯獨勝在身段極好，遠遠看去，有一種讓人忍不住想要呵護的衝動。

小侍女抬眸看著沈傲，臉上升出一絲紅霞，道：「奴家叫臘梅。」

沈傲不出地皺起眉頭，道：「臘梅這個名兒不好，要取一個好聽的藝名，從現在開始，你就是萬千男人的夢中情人，令汴京大少名妓黯然失色的小美人，取什麼名字好呢？」

沈傲沉吟了很久，突然眉眼一亮，道：「有了，就叫蠷兒，蠷笑的蠷，令人一想到這名兒，便能想像到那夢中的美人兒莞爾一笑，萬種風情，哈哈……就這樣決定了。」

沈傲一下子信心百倍，眼前這個小蠷兒，比起一般小家碧玉自然是更勝一籌的，網路素人都能爆紅，蠷兒爲什麼不能？

他一下子牽住蠷兒的手，眉開眼笑地道：「隨我來，我有話要和你說。」

說著，又囑咐目瞪口呆的周恆：「你，去買些布料來，我們要準備裁剪些衣衫，在花魁大賽中用。」說罷，又看向吳三兒，道：「吳三兒，你在這裏等著，待會我還有事要吩咐你去做。」

沈傲一番話交代下來，很有大將的風範，交代完事情，便拉著蘿兒的手，一路上了二樓，留下那背影讓周恆看得目瞪口呆。

表哥太不夠意思了，拉著美人兒上了樓，卻叫他去買布料，這算是個什麼回事？

周恆心裏不平衡，卻只能有苦難言，懊惱地搖搖頭，伸手向吳三兒道：「三兒，支點錢來，我去買布料。」

眾侍女一聽，噢，原來這周少爺竟是囊中空空，一個個竊笑起來。

等沈傲拉著蘿兒下來時，已過了一個時辰，蘿兒羞紅著臉，徐步下樓，誰也不知沈傲對她說了什麼，做了什麼，只是她走路的身姿，似是多了幾分怪異。

沈傲板著臉，一副正人君子的模樣，在蘿兒耳邊又囑咐了幾句，拍著她的香肩兒，低聲道：

「你記住了，往後就這樣走路，至於其他的，你不必理會，從今日起，你就不要出來做活了，就在房裏待著，除了邃雅山房的人，誰也不要見。」

蘿兒嫣紅著臉蛋道：「知道了，公子，蘿兒一定聽公子的話。」

沈傲很滿意地點點頭，邃雅山房的侍女素質還是不錯的，很聽話，沈傲教起來也很輕鬆，有了這個，他的信心更足了，教侍女們各自回去先歇息，將吳三兒拉到一邊，道：「三兒，花魁大會距離現在還有幾天？」

吳三兒道：「快了，還有四天。」

看來時間有點緊湊啊，沈傲掐著指頭算了算，花魁大會恰好是在旬休日，這倒是正好方便了自己。

不過話說回來，旬休日是監生們的假期，也是官員們的假期，花魁大會既然舉辦，自然是離不開達官貴人們捧場的，若是將會期放在其他的時候，籌辦者肯定是吃虧多了，這種事，自然是越熱鬧越好，當官的都在當值，你這花魁大會舉辦的下去嗎？

沈傲道：「好極了，那我乾脆就再告假兩天吧，反正唐大人開了口，說是什麼時候病好了再去進學，現在不是病還沒完全好嗎？」

沈傲患的是窮病，人一窮，什麼病都來了，所以得把這病治好了，再去上學。

沈傲微笑著看著吳三兒，眼眸中閃出詭異之色，低聲道：「從明日開始，生意上的事暫時交給吳六兒來做，他不是一直在後院裏幫工，負責茶房和廚房嗎？明日叫他到前堂來，我們現在要做的，就是炒作。」

「炒作？」吳三兒不理解。

沈傲笑著道：「意思就是把蓁兒的大名散佈出去，要讓她家喻戶曉，汴京城，上至達官貴人，下至販夫走卒，都要對她生出印象；而且，要讓人產生蓁兒是絕世美女的印

象。」

吳三兒知道沈大哥的點子多，雖然聽得似懂非懂，卻連連點頭：「沈大哥怎麼說，我怎麼做就是。」

沈傲笑道：「容易得很，最新一期的《邃雅詩冊》什麼時候出？」

吳三兒道：「就是這幾日，不過，要等雕刻成冊發賣的時候，只怕還要再等十天左右。」

沈傲收斂起笑容，板著臉搖頭道：「來不及了，我現在加上幾首詩上去，你儘快讓他們連夜印個幾十本出來，明日就發賣。」

「明日就賣？只賣幾十本？」吳三兒不解地望著沈傲，以爲是自己聽錯了。幾十冊有個什麼用？只小半炷香的功夫，就賣完了。

沈傲別有深意地道：「這幾十冊只是個噱頭，就說是限量珍藏版，把這幾個月的精選詩集都加進去，我想個辦法，今天多寫幾首進去，明日一清早就賣，不要耽誤了。」

吳三兒點了點頭，不再多問了，便道：「我爲沈大哥研墨吧。」

筆墨紙硯送了過來，宣紙一攤，沈傲蘸墨，提筆開始寫了起來。

吳三兒一邊研墨，一邊屏息在一邊看著，上面的字他倒是認得，這一看，頓時便瞭解沈傲的心思了。

沈傲的第一首詩叫《邂逅顰兒有感》，下面的詩句是：

「兩彎似蹙非蹙籠煙眉，一雙似喜非喜含情目，態生兩靨之愁，嬌襲一身之病。淚光點點，嬌喘微微。嫻靜似嬌花照水，行動如弱柳扶風。心較比干多一竅，病如西子勝三分。嫻靜猶如花照水，行動好比風扶柳。眉梢眼角藏秀氣，聲音笑貌露溫柔。」

吳三兒這些時日印製詩冊，對詩詞的格律倒是有那麼點兒瞭解，忍不住道：

「公子，這詞兒倒是寫得極好，只是既不像是詩，又是似詞牌，是不是有些不妥？」

沈傲哈哈一笑，道：「就是要惹起爭議才好，有了爭議，才叫炒作。大家在爭睹這詩時，就不由得將顰兒的音容相貌記住了，這就叫潛移默化。」

吳三兒聽罷，似懂非懂的樣子，但是他對沈傲是有信心的，想著，便隨著沈傲一塊笑了起來。

隨後，沈傲又作了幾首詩，全是憑著前世的記憶摘抄的明清時期作品，寫的仍然是顰兒，什麼一笑解千愁，什麼美人姍姍來諸如此類。

寫完詩，擱下筆，沈傲伸了伸懶腰，道：「這只是炒作的第一步，只是要叫大家對顰兒有個初步的印象，等印象有了，我們再下猛藥。」

「猛藥?!」吳三兒眼皮兒跳了跳，沈大哥的手段他是知道的，他說是猛藥，那一定是極猛的了，只是不知沈大哥的葫蘆裏到底賣了什麼藥。

不過，這個時候，吳三兒倒想起一件事來，便道：「沈大哥，我們只賣幾十本詩冊，如何能引起許多人爭議，是不是趕著多印幾本？」

沈傲搖了搖頭，道：「不必了，再多印，又能有多少？別忘了，我們的ＶＩＰ限量珍藏版詩冊一出來，那些小販必然會大肆抄錄，不用兩個時辰，就會有數千上萬本這樣的盜版詩冊出來，這些人雖然可惡，不過，這一次卻算幫了我們一個大忙。」

盜版確實很給力，正版一出，無數手抄本、盜印本就會出來，不出一日，文人墨客們便都悉數能收到詩冊，管它是正版還是盜版，最終這些人會看到沈傲的詩詞。

眼下一時情急，沈傲也顧不了許多了，炒作的第一步必須迅速的完成，至少在文人之中，要產生一點兒印象，等他們由詩詞產生了印象，才是沈傲真正大炒特炒的時刻。

請續看《大畫情聖》四　帝王心術

大畫情聖 三 美人如玉

作者：上山打老虎
出版者：風雲時代出版股份有限公司
出版所：風雲時代出版股份有限公司
地址：105台北市民生東路五段178號7樓之3
風雲書網：http://www.eastbooks.com.tw
官方部落格：http://eastbooks.pixnet.net/blog
Facebook：http://www.facebook.com/h7560949
信箱：h7560949@ms15.hinet.net
郵撥帳號：12043291
服務專線：(02)27560949
傳真專線：(02)27653799
執行主編：朱墨菲
美術編輯：許芷姍

法律顧問：永然法律事務所 李永然律師
北辰著作權事務所 蕭雄淋律師

版權授權：蔡雷平
初版日期：2013年12月
初版二刷：2013年12月20日
ISBN：978-986-5803-28-5

總 經 銷：成信文化事業股份有限公司
地　　址：新北市新店區中正路四維巷二弄2號4樓
電　　話：(02)2219-2080

行政院新聞局局版台業字第3595號 營利事業統一編號22759935

定價：280元　特惠價：199元

國家圖書館出版品預行編目資料

大畫情聖 ／ 上山打老虎 著. -- 初版. -- 臺北市：
風雲時代，2013.08 -- 冊；公分

ISBN 978-986-5803-28-5（第3冊；平裝）

857.7　　102015353

11/11 成信